# その他もろもろ

—ある予言譚—

ローズ・マコーリー

赤尾秀子訳

作品社

# What Not

A Prophetic Comedy

Rose Macaulay

その他もろもろ　―ある予言譚―　一

目　次

装丁　松田行正＋杉本聖士

# その他もろもろ　―ある予言譚―

公の機関で働く
知人たちに捧げる

知恵は教養のない者にとって、なんと不愉快であることか。愚かな者は、知恵とともにあることができない。知恵は巨大な石のごとく愚者にのしかかり、愚者はすぐにも投げだしてしまう。知恵はその名のとおり、多くの者にはとらえにくい。

役に立ちもしない子を何人もほしがるな。

——シラの子、イエスス、紀元前一五〇年頃〔『シラ書』六・二十二、十六・一〕

軍事、信仰、王家への奉仕を妨げるのは、家族への没頭、利己心である。

——W・グリーンヒル、一六四三年

自分の家にいても警察に口出しされるなんて、ひどすぎますよ。……食糧の配給制とか、その他もろもろで、国は混乱しまくっている。

——食料品の買いだめ事件の被告、一九一八年一月

# 弁明

ローズ・マコーリー

戦時にあって、永遠の命について書くことはできない。たとえ戦争が、世代を超えてつづくことがあろうとも。

このような戦争が起きる前の暮らしについても、安易に記すことはできない。遠い世界のようでしかなく、思い出せば涙がにじむ。ここで語られる物語は、戦争が終わり、希望の光が見えた時代である。よって、現実を映したものではない。楽観的すぎる部分もあれば、厭世的すぎる部分もある。小説とはいえ、あまりに非現実的でばかげて見えるところも。闇のなかで、当てずっぽうで矢を放つようなものだが、あらゆる真実をないがしろにするこの不幸な社会では、命中率などあってなきがごとしであり、これ以外にやりようはないと思われた。真実は命や富、喜び、慰安、自由、森の樹々とともに、無慈悲な神に捧げる生贄、すべてを奪いとる戦争の犠牲となる。戦争が終結するころには、わたしたちが持っているものすべてがはぎとられてしまっているだろう。それでも海に浮かぶこの島そのもの、窮地に立たされたときの国民の不屈の精神、リーダーたちの芯のない饒舌さは失われずに残りつづける。

ともあれ、作家の書く楽しみをべつにして、本書は予言というより提案である。ただ、読者の多くは薄っぺらい提案だと感じるだろう。人間が時代を問わず抱えてきた病気の治療法の提案とはいえ、現在の苦しみがおさまればおさまったで、またいっそう重い病気を患ってしまうにちがいない。なぜなら、戦争は知恵を育まないからだ。それどころか、教養豊かで明晰な頭脳をひっかきまわし、廃墟にする。瓦礫はただの瓦礫でしかなく、思考の道は閉ざされて、人びとは疲れきり、老化する。あるいは暴力で鈍りきり、何ひとつ築けない。このような深傷《ふかで》を負って鈍化した頭脳に加え、大災害や暴力、激情、老化でも鈍らせることができない頭脳も山のようにある。なぜなら、もともと尖ってはいないから。切れ味悪く、氷を割ることも新たな道をきりひらくこともできない。

よって、よほど過激な処置が施されないかぎり、先行きは暗いだろう。

本書ではきわめて古い難病の治療法を提案し、怠慢で鈍感な政府に無料で提供する。一意専心で研究した結果、筆者は官庁を新たに創設するのもそう悪くはないと思えるようになった。すぐ近くなのに模糊とした未来のある時期、世界が、社会がどうなっているかに軽く触れている。筆者には不慣れな未知の分野であり、この後は知識豊富な読者の感性に委ねるしかない。

書名については、曖昧あるいは滑稽でしかないように思えるため、出典を記しておいた。食糧の配給制は説明するまでもないだろうが、"What Not"（その他もろもろ）が何を指しているのか、国民を混乱させたという点を除いては漠然としている。しかし本書を読んでいただければ、その意味が見えてくるのではないだろうか。筆者としては、「その他もろもろ」以外のタイトルは考えられなかった。

一九一八年四月

# 第一章 脳務省

## 1

大戦が終結してからしばらく経ち（具体的な年月は記さない）、喧噪[*1]は止み、喚声は途絶え、船長や王に取り残された者たちは国へ帰るか、勝者から割り当てられたどこか遠くの場所へ向かった（不安解消のためにつけくわえると、皇帝三人は母国から追放された）。

長くつらい日々から解放された人びとは、暗い未来を不安なまなざしで見つめているが、そこには同時に期待もあった。たとえるなら、長い闘病生活からようやく解放され、恐れと不安、高揚感が渦巻いて、整理できずにいるとでもいおうか。

そしてそんな人びとを、ベイカールー線[*2]が日々職場へと運んでいた。

地下鉄は地上の列車よりも混み合い、乗客は階級など無関係で多種多様。吊り革を握る派手な服装のタイピストは〈デイリー・ミラー〉の「金で買えない愛」を読み、その横で吊り革を握る外務省の若い役人はスーツ姿で〈タイムズ〉を読んでいる。〃生活と自由の運動〃に興味があるらしい聖職者は〈チャレンジ〉を、べつの聖職者は人目をはばかるように〈ガーディアン〉を読み、年配の紳士は大戦で戦ったのだろう、苦渋の表情で〈モーニング・ポスト〉を読んでいる。終戦ですかさず創刊された日刊紙〈ポスト・ウォー〉を読む若者、政府発行の日刊紙〈ヒドゥン・ハンド〉[*3]に夢中な良き市民――。政府の手になる新聞の必要性はずいぶん前から叫ばれていたのに、なぜもたもたしたのか理解に苦しむ。既存紙はどれも信用できないうえに、退屈きわまりない記事ばかりなのだ。国には一紙くらい、信頼できる新聞があってしかるべきだった。そしてようやく〈ヒドゥン・ハンド〉が発行され、読者は政府の方針についていやおうなく考えはじめた。

車内は男女の通勤客で満員だった。若者のなかには、くたびれた顔の者もいれば片足のない者、生気のない顔に傷跡のある者、褐色の肌のたくましい者、世の中に飽き飽きしたような者、

＊1――英国の小説家・詩人ラドヤード・キプリング（一八六五〜一九三六）の詩「退場の歌」（一八九七年）より。「喧噪は止み、喚声は途絶え／船長も王もこの世を去る／古来の犠牲に屈することのない／謙虚と痛恨の心／万軍の神よ、われらとともにあれ／われらがあなたを忘れないように、忘れないように」

＊2――ロンドンの地下鉄（一九〇六年開業）。

＊3――直訳すれば「隠れた手」で、〃黒幕〃などの意味で使われることが多い。

元気はつらつな者がいる。ただ、いかに見た目が異なろうと、顔つきや態度、肩の落ち具合などに、多かれ少なかれ、まぎれもない共通の何かがあった。

そんな通勤者にまじって、ショッピングに出かける女性たちは新聞など持ちもせず、おちつきはらって近くの女性の品定めをしている。服の色やスタイル、高級品か安物か。それ以外は眼中にないらしい。ただじっと静かにすわって、あくびのひとつもせず、まばたきすらせずに、相手の全身を上から下まで、帽子から靴まで舐めるように見る。なんとも不思議な、とらえどころのない人種といってよく、じろじろながめる目の向こう、その心のなかを推し量ることはできない。世の中で起きたことや起きていることに胸を痛めることがあるだろうか。今朝のベイカールー線にいる彼女たちから、大戦の名残をうかがうことはできなかった。大戦以上の、いや飢餓以上のことが起きなければ、石像のようなその顔に何かが刻まれることはないのかもしれない。王国が栄え、滅びて、民衆が死へ向かってひた走っても、彼女たちは騒乱のなかでぴくりとも動かずに考えるにちがいない――「あの靴、素敵だわ。スワン&エドガーで買ったらいくらくらいするかしら。帽子の飾りは自分でつけたみたいね。ちょっと野暮ったいもの。スカートは去年はやったものだし。コートはおしゃれだわ。あら、あのストッキング、あんまりじゃない?」

こういう女性たちには無謀なことをしそうな、神経がぴりぴりした様子――程度の差こそあれ、市民の大半が漂わせる空気がない。この空気は最近の大きな傾向で、通常の驚きを超越した驚愕的なこと、恐怖心が麻痺するほど恐ろしいことが日々くりかえされることにより染みついたものだった。ふたたび狂乱の時代が訪れる前に、手に入れられるものは何でも手に入れてやるという、ある種の貪欲さにも結びつく。もちろん、〝苦しい状況でも最善を尽くせ〟という、大戦時の教訓を忘れたわけではない。あのころは、何もかもが間を置かずに次つぎくずれ、流れ落ちていった。文明も国家も希望も。権力者と庶民と兵士も。雨が落ち、涙が落ち、爆弾が落ち。ビルと住み家も。ものの価値や新聞はいうにおよばず。

何もかもが落ちていくなら、いま乗っている馬からもいずれは落ちるにちがいない。国際連盟をはじめ、平和を持続、強化する曖昧な構想がいくらあったところで大差ないだろう。肝心なのは、ともかくつかみとれるものをつかみとること。あるいは――女性の乗客のひとりが考えているように――ピエロさながら鈴のついた帽子をかぶり、手回しオルガンのメロディに合わせて踊りながら、自分の武器で愚かな世界に打ち勝って生き抜くことだ。

ただし背後には、つねに悲惨な光景がある。世界の薄っぺらい皮ははがれてしまい、新たな皮もそのうちはがれてしまうだろう。皮がぺらぺらであればあるほど、踊りははめをはずして荒々しくなる。

# 2

アイヴィ・デルマーは吊り革を握り（同じ地下鉄の乗客でも、右に記したようなことを考えることも感じることもほぼ皆無）、もう一方の手には読み終えた小説を持っていた。お昼休みには新しい小説を読もうと思う。アイヴィはバッキンガムシャーの司祭の娘で、まだ若く、仕事は脳務省の速記係だ。のんびりした顔で、どこか子どもっぽさが残り、菓子のマルチパンとお芝居が大好き。いまは灰色の大きな瞳で無邪気に乗客を見回しては、自分の好みかどうかをぼんやりと考えていた。とくに意識はしなくても、男性に目が向きがちなのは自然のなりゆきといえるだろう。同性に見とれることはないものの、女優のドリス・キーンとテディ・ジェラードの大ファンだったし、脳務省で手紙の口述筆記をすることがあるミス・グラモントのことは尊敬している。地下鉄の車内でついつい異性ばかり見てしまうのは誰にでもあることだから、なにも恥ずかしがる必要はない。

アイヴィは周囲の男性乗客それぞれに漠然と点数をつけおえると、ほかにすることがなくなって、窓の宣伝や訓示、公報を読んでいった。気分のいいことに、宣伝中の芝居はどれもとっくに観ている。ほかには〝カラシ粉末を湯舟に入れて元気になろう〟や〝神は人に侮られることはない〟のような目先の、あるいは永遠の真理を告げる言葉もあった。〝安全は保障されているか否か。それが問題だ。否。それが答えだ〟というぞっとする文言は、安全追求理事会の広報だ。〝バス内で安全でいたければ、（1）バスが降下する前に降りてはならない。（2）上昇中のバスに飛び乗り乗車してはならない〟とあり、図にはこんなキャプションがついていた――〝Aは降下する飛行バスの真下にいたので死亡。Bは飛行バスの運転手を動揺させたので死亡〟。一連の警告は、身の安全を守りたければ飛行バスには乗らず、近くにも寄らないほうがよいと解釈できるので、たぶんそれが目的なのだろう。地上を走るバスも、かつては恐ろしい乗り物だと騒ぎ立てられた。当時と同じように脅し文句は実を結び、飛行バスを怖がる人たちで地下鉄は混雑している。

空席ができてすわったアイヴィは、向かいの席にいるキティ・グラモントに目をやった。政治系の〈ニュー・ステイツマン〉とファッション系の〈タトラー〉を持っている。どちらも彼女の愛読誌で、生き方に対する考えをよく表わしていた。社会の出来事への知的興味と女性的な好奇心は相反するものではないという考えなのだ。クラシック音楽の演奏会にも、はやりの大衆演芸《レビュー》にも足を運び、いってみれば教養豊かな俗人で、アイヴィとは比べものにならなかった。ミス・グラモントのように、ときに横柄な態度をとることはできないし、評判になるほど頭も良くない。それにミス・グラモントは省内の高い地位にあった。なのに服装は気どらずおちついて、センスの良さがにじみでている。大学を出た女性はたいていむさくるしくてだらしないので、ごくふつうの人間は遠ざけてしまいがちだった。

ミス・グラモントは上品で、じゃじゃ馬で冒険家、学者っぽくもある。黒くて長いまつ毛の下で、琥珀色の瞳がまっすぐ相手を見つめ、口元はいつもちょっと皮肉っぽい。子どものようにふっくらした丸い顔、世慣れたものごし、すぐれた頭脳——。仕事をもって生きるには十分な資質がある人だった。彼女自身、少し道を違えていればたどったにちがいない華やかな人生をいくつも見てきて、考えるところもあったろうに、全体としてはいまの仕事が面白くて楽しいらしい。退屈が大嫌いな彼女が、ときに死ぬほど退屈だと感じる仕事ではあっても。

アイヴィはそんなミス・グラモントを多少驚きつつながめながら——珍しくほぼ定時に出勤するらしいからだ——ほんとうに能力のある人だと思った。書類を口述するとき、彼女の言葉は明確で無駄がないうえ切れ味鋭く、複雑な内容のときはゆっくり語り、滞ることもない。ほかの役人はそれができずに、話が行きつ戻りつし、選ぶ言葉もありきたり、しかも訂正だの消去だの、言葉に詰まって中断だの。書き留めた紙面は混乱状態で、確認のため、合間に声に出して読むのも一苦労だった。そしてもうひとつ、アイヴィにとって重要な点がある。ミス・グラモントはいつも、素敵な靴をはいているのだ。もっといえば、すばらしく上品な煙草を吸い、ちょくちょく食べるチョコレートも高級品。おまけに、そのどちらも気前よくおすそわけしてくれる。

ただ残念なことに、アイヴィの父の教区内に住んでいるミス・グラモントの弟とその家族は、地元でかなり評判が悪かった。理由はおいおい明らかになっていくだろう。

## 3

オクスフォード・サーカス。野獣の群れのごとき群衆がゆきかう世界の商業中心地。ピカデリー・サーカス。恵まれた人たちが集う娯楽の中心地。トラファルガー広場。海軍将校が海軍本部やネルソン記念碑を尋ねる場所。

チャリング・クロス。大戦中、市民はここにある陸軍省や軍需省に労働力を提供しに行った。大勢の献身、膨大なエネルギー、多数のホテル。現在はそれをしのぐビジネスの要所となり、ホテルは官庁の仕事場として欠かせない存在となった。

アイヴィ・デルマーとキティ・グラモントはチャリング・クロス駅で下車し、脳務省が入っているホテルへ向かった。ここで具体的なホテル名を記すのは避けるが、駅からさほど遠くはない。

アイヴィは遅刻がわかっていたので急ぎ足になり、そのずいぶん後ろでキティは、これでも早すぎるくらいだとのんびり歩く。脳務省の始業時間は九時三十分、いまはまだ九時四十分だ。

夏の朝の日差しは川面できらめき、まるで笑っているようだ。キティはこんな日にホテルへ行って、役所のファイルが置かれたデスクの前で役所のペンを握り（それでほっとするとはいいがたい）、刊行物の原稿を書いたり、投書に返信したりするのはどうでもよいことに思えた。返信などしなくても、ほったらかしておけばそのうち勝手に解決されるのだ。投書を書くこともそうだが、問題があれば他者に頼らず自力で解決するほうが〝知能の向上〟になるだろう。みんな、もっと頭を使え、とキティは思う。あえてきつい表現なのは、デルマー司祭夫人を真似てみただけだ。夫人はグラモント家を〝不幸な家族〟と呼ぶ。

キティはときどき、脳務省がいくら力を入れたところでたいした効果はないのでは、という暗い予感に襲われた。知能はそれほど大きな問題だろうか？　賢い者は愚かな者よりしあわせなのか？　大学で知的な冒険を経験し、キティはどちらの気持ちも代弁できるような気がした。彼女自身は、知性や能力を発揮するより、愚かな真似をするほうがずっとしあわせだ。篤学よりも少し頭が足りないほうがいいから、鈴のついた帽子をかぶるように知識を身につけた。とはいっても、愚昧すぎるのは困りものだから、できるなら、知能は多少なりとも向上させたほうがいいだろう。ともあれ、脳務省の目的は国民をしあわせにすることでもなければ（それは文化演芸局に任せる）、人びとを善良にすることでもなく（教会の範疇。政治と分離したことは、どちらにとってもよいこと）、社会の進歩を促進し、ふたたび大戦争が起きないようにすることだ。
時間はずいぶん早い――。キティはあくびをし、早足のデルマーの後ろから、ホテルの階段をのんびりあがっていった。

## 4

脳務省は大きな組織でいくつもの部署がある。広報部はパンフレットの制作や講義、映写会を実施し、キティ・グラモントは現在、ここに出向していた。ほかには男性、女性、小児それぞれの教育部、知能の検査・試験・認定・裁定を行なう審議部、これから生まれる子の知能にかかわる胎児政策部などだ。アイヴィ・デルマーが胎児政策部に配属されたとき、司祭の父親は娘に向いた仕事なのかどうか、疑問に感じた。

「あの子にわかるはずがない」父親は妻にいい、せっせと草取りをしていた妻は聞きかえした。

「え？　わかるって、何を？」

「知能だよ。それもまだ生まれていない子の。赤ん坊にそんなものがあるはずもない」顔をしかめ、小鋤《こすき》で芝からタンポポを抜く。

「そうでもないでしょ」妻は夫を安心させようと言葉をさがした。「これから生まれる子の……

結局、生まれないかもしれないし。要するに、結婚相手を選べということだから。ええ、ええ、ばかげているとは思うわ。でも、アイヴィが悩むことはないでしょう。子どもの知能は両親からの遺伝が多いことくらい、あの子だって知っているはずよ」

父親はうなずいた。まだ若い、かわいいアイヴィが仕事で大きく悩むことはないと思いたい。

胎児政策部は、アイヴィの母親がいったように、子どもに引き継ぐ知能の観点から、推奨すべき結婚か否かを確認する部署だった。大量かつややこしい規則が定められ、絶対的な強行法規ではないものの、明確な賞罰はあった。規則に従った夫婦の子には賞賜金が与えられ、従わない夫婦の子には税金が課されるのだ。額は規則からの逸脱度によって決まるため、知力の低い男女が子どもをもつと破産しかねなかった。脳務省は国民を知力でランク分けし、公的記録として知能票が発行される。たとえば、トップクラスの「A」に分類されると、伴侶には「B2」か「B3」(十分に知的なレベル)が推奨され、「A」や「B1」との結婚は遺伝知能の空費とみなされて、生まれた子への賞賜金は大幅に減額された。一方、「C1」~「C3」に分類されると、「A」と結婚して知能の底上げをしないかぎりは子どもをつくらないようにと忠告される。「C3」未満の無資格者(結婚する資格をもたない)が子をもてば罰金を科せられて、三人めをつくれば刑務所行きとなる。ただ、脳務省が創設されてから、三人めが生まれるほどの年数はたっていないので、現在のところ、逮捕された親はひとりもいない。また、知的能力促進法の施行以前に誕生した子に対しては、両親の組み合わせが規定外であっても罰金はまぬがれた。

　ことほど左様に、低知能やランク外の家族は除け者扱いされた。本人がランク外であればもちろんだが、たとえAランクでも近親者にランク外がひとりでもいれば、無資格となって結婚できない。後者の場合、知能票には「A（欠陥あり）」と記された。

　これは序の口で、何巻にもおよぶ『脳務省指導要綱』にはこまごましたルールが列挙され、知能ランク間の入り組んだ関係性や、種々の組織とランクに関する複雑な特別措置などが記されている。ただ、索引が雑なため、気になる項目をさがしづらい。

　それはともかく、この分野の担当部署はホテルの十三号室で、アイヴィはきょう、月曜の朝はここでヴァーノン・プリドゥの口述筆記をするよう指示された。

## 5

　ヴァーノン・プリドゥは若い男性で、眼鏡をかけ、すらりとして、スーツ姿はとてもさわやか――。第一印象はアイヴィの合格点を楽々と超え、エリート官僚そのものだった。彼の知力はAで、せっかち、雄弁、報告書の作成能力は抜群（重要な資質で、公務員すべてに備わっているとは限らない）、緊急時には迅速に処理し、どんな状況でもどんな相手でも如才なく対応できて、誰の目にも好印象だが、父親は評判の悪い政治家だった。大戦中は*ストルマ川の戦地でマラリアに感染して帰還。その後は得意分野に関連した新法案の作成に携わった。それでも年齢は、まだ三十歳。戦地にさえ行かなければ、官僚として大きな実績をあげていただろう。そして脳務省が新設されると優秀な人材が配属され、ヴァーノン・プリドゥは水を得た魚のように才能を発揮した。

　すごい人だ、とアイヴィは思う。ノートと鉛筆を持って彼の横にすわり、ぷっくりした唇をほんの少し開け、彼が話しはじめるのを待った。彼のほうはいらいらと書類をめくっている。かなり機嫌が悪いのは、新任の秘書ポンフリーのせいだった。彼女には最低限の常識すらなく、すぐにでも辞めさせたいが、それには面倒な手順を踏まなくてはいけない。ともかく彼女は、何をやっても失敗ばかり。プリドゥの指示を自分勝手に解釈した言い訳をいうだけだ。たとえば先週の土曜日、プリドゥは市民の問い合わせに対し、定型文で返信するよう指示した。内容はきわめて単純だ——「お問い合わせの件について回答させていただきます。誕生予定の（もしくは誕生した）子女に課される税金（もしくは与えられる賞賜金）に関し、貴殿の場合は、知的能力促進法に基づく地方裁判所の決定に従っていただければと存じます」。

　ところが今朝、彼女が署名を求めてプリドゥのデスクに置いた書類にまぎれていた返信には、個人的意見が書き加えられていた――「貴殿のような愚者たちの考えが大戦を引き起こしたのです」。彼女はまだ若く、知的能力促進法が両親の結婚以前からあればよかったのにと悔しくてならないらしい。プリドゥは怒りをこらえながら彼女に尋ねた。きみはこんなものを本気で送る気だったのか？　どうやら彼女は本気だったらしく、小さなため息をついた。まったく、何ひとつわかっていない、とプリドゥは思う。ほんとうにB3の知能があるのか？　どう考えてもC以下だ。もし彼女に子どもができたら、その子たちこそ深く考えることができず、ふたたび大戦を引き起こすのではないか。

プリドゥはあれやこれや不満だらけで、きわめて不機嫌だった。

「よろしく頼むよ、ミス・デルマー。さあ、始めよう」彼はファイルをいじり、明確な発音で歯切れよく、返信文を語りはじめた。アイヴィは舌を軽く噛んでペンを走らせる。

五月二十六日付でお問い合わせいただいた件につき、回答させていただきます。貴社の従業員のもとで誕生する子女に対する税金、および子女誕生後の従業員の賃上げ要求に関して

*――ブルガリアからギリシャに入り、エーゲ海に注ぐ川。第一次世界大戦ではマケドニア戦線の一部となった。

は、脳務大臣もたいへん関心を示しました。一般的な経済関連事項については、『脳務省指導要綱』の七四三条三項により……

プリドゥは言葉を切ると顔をしかめ、秘書に目をやった。ポンフリーは彼のデスクの電話に代理で応答したのだが、なにやらもたもたしているのだ。

「はい、そうです……えっ？　もう一度お名前を……はあ、そうですか……ええ、ここにいらっしゃいますけど……いまは忙しくて……口述中なんです……問い合わせの回答の……どなたが会いたがっているのか、もう一度……はあ……」

「ミス・ポンフリー」プリドゥが声をかけ、彼女はびくっとした。

「この電話、脳務大臣の秘書からなんですけど」受話器をふさぎもせずに答える。「大臣が、執務室まで出向くようにといっているようです。代表団が来ているとかで……国教会の主教たちみたいですけど……牧師の子どもの新しい指導要綱に関する要請とか。いまは口述中でお忙しいといったんですけど……」

プリドゥはぎょっとして立ち上がり、ドアへ向かった。

「大臣から呼び出されて、忙しいなどと言い訳するのは論外だよ」秘書をにらみつけ、部屋を飛び出していく。

「また怒らせちゃったわ」ポンフリーはうなだれた。

「予定外のことであせっただけよ」アイヴィは彼女は同じ秘書学校の出身だったが、脳務省でのポンフリーのキャリアはそろそろ終わりに近いと感じていた。

「わたしのことが気に入らないみたい」生きていればつらく悲しいこともある。ポンフリーは諦めの境地で、やりかけの仕事を再開した。今月発表された規定集の索引作成で、とりかかってからまだ間がない。窓から吹き込む微風がページをめくり、アイヴィははためくページの項目をながめた――八〇一、農業従事者、七九八、良心的拒否者、八九七、アイルランド住民、六七四、三人以上の子をもつ親。

ずいぶんたくさんあるわ、とアイヴィは思った。理解するには、どれくらいの知能が必要だろう。自分が住んでいる村の農業従事者や、子どもが三人以上いる家族のことを考える。小さな村で暮らしながら、この規定集に従う人たち。はためく乾いた紙の向こうに、血の通った人びとの生活が見えるような気がした。規則、罰則、合意、協定の糸が撚《よ》りあわされて、一日一日を生き抜く人たちに影を投げかけるのだ。駅でキスをするカップル、先月シド・ディーンと結婚した司祭館の家政婦エメリン、畑を耕す正直者の夫婦、低知能だと差別される人びと、役所の机で積み上げられた投書の差出人たち。手書きの切実な訴えを読めば、誰もが胸をうたれるだろう。ただし、役人たちを除く……。

アイヴィは、ふと思った。脳務省の職員はみんな、まじめに熱心にとりくんでいるはずよね？　そしてすぐまたふと思う。ポンフリーは、どうしてあんな色の服を着ているのかしら？

あの色は自分の好みではない、と思いつつ、アイヴィはいったん退室し、プリドゥから再度声がかかるのを待つことにした。

## 6

ヴァーノン・プリドゥは大臣の執務室で、牧師の子女に関する新条項を代表団に説明しおえると、部屋を出て自室に向かった。途中、キティ・グラモントを夕飯に誘おうと、広報部に寄ってみる。ふたりはケンブリッジの学生時代に知り合い、ヴァーノンはキティの二年先輩だった。以来、細々ながら付き合いは継続し、どちらも脳務省に配属されてからは急接近した。

キティはパンフレットの執筆中で、これは彼女の得意分野だ。簡潔でわかりやすい文章を書き、適確な言葉を見つけるのもうまい。ほかの職員だとこうはいかず、もっとだらだらして効果も薄かった。いまキティが書いているのは、働く女性をターゲットにしたパンフレットで、〝国はあなたの仕事に関心あり！　あなたも国の仕事に関心をもちませんか？〟という見出しにするつもりだった。かなり長めだが、とりあえずはこれでいこう。

「夕飯？　ええ、喜んで。何時にどこで？」

「八時に、ぼくの部屋で。両親と脳務大臣も来るよ」

「あら、大臣まで？」

「気がのらないか？」

「とんでもない。大臣との食事なんて公式の正餐だけだから、とてもうれしいわ。チェスター大臣は傑出した政治家だと思わない？　〝自然は彼をつくったあとで、その鋳型を壊した〟*というのにぴったりね。この世にふたりといない人」

「うん」プリドゥはうなずいた。「すごい人だよ。牧師の代表団ともなごやかに話せていたしね。父親が主教だから、接するコツがわかっているんだろう。たとえ内心、いらいらしていても……。きみは彼の知能ランクを知っているか？　いや、無駄話はよそう。部屋にもどって、秘書がしでかした最新版の失敗を教えていただくことにするよ。じゃあ、また今夜！」

キティはヴァーノン・プリドゥの後ろ姿を見ながら、スーツがよく似合う人だとにっこりした。それにしても彼は、大臣の知能ランクで何をいいたかったのだろう？　キティは首をかしげた。


*――イタリアの詩人、ルドヴィコ・アリオスト（一四七四～一五三三）の叙事詩『狂えるオルランド』（一五三二年）の一節。

げてからパンフレットの仕事にもどり、仕上げたものをタイピストにまわした。はたして検閲を通過できるだろうか。検閲官はとりわけパンフレットに目を光らせ、もっと神経を使え、慎重になれとうるさかった。というのも、パンフレットは危険な、下品なテーマを扱いがちで、その代表例は〝未来〟だ。検閲官は内容に目をとおすと、〝平和〟や〝戦争〟、〝自由〟のような危険で刺激的な言葉は、ためらうことなくばっさばっさと切り捨てた。〝平和〟が危険な言葉になったのは、平和がほど遠かった戦時からなのはいうまでもない。生まれてもいない子のことを想像するのと同様、平和を論じるのは不適切とみなされたのだ。そして戦火が終息しても忌み言葉のごとくになり、脳務省の「愚者の平和」というパンフレットも改竄された。検閲官の目に、この表現は終戦を導いた交渉や合意を暗示しているようにしか映らなかったのだ。その内容は、多少の知恵さえあれば予防できたはずの伝染病患者に関するものだった。検閲官は政府の一員としての罪悪感もあって手を加えたのかもしれない。[*1]『弑逆者《しぎゃくしゃ》との講話』の新版や、モーブレイ書店が刊行した『人知を超える平和』（紫色の紙カバーに金色の十字架）など、二十世紀作品と思いこんで読んで感じた罪悪感だ。平和に関する論文が疑問を呈されれば、健全な英国基準に照らして、当然、大戦に関する論文もはじかれる。平和が先で、戦争はその後、一度にひとつにすべし、というわけだ。戦時中でもあるまいに、戦争、戦争と叫ぶべきではない——。しかし、パンフレットの作成者は反論する。いつまた戦争になるかわからない、心の準備をしなくてよいのか？　答えはもちろん、〝必要なし〟。英国人は先読みなどせず、前進するのみだ。平時にあって、起きてもいない戦争で騒ぎたてるのは背信に等しく、公正でもなければ長続きもしない。

不適切なテーマは、もうひとつある。いわずと知れた〝自由〟である。規律の厳しい国々では〝優生〟や〝貧困〟と同様、厳しく取り締まられるのはよく知られたところだろう。ただ現実には、さまざまな媒体で使われつづけ、検閲官は内容をチェックする専任の職員を雇うことにした。オクスフォードの英文科をトップクラスで卒業したばかりの女性で、過去の出版物の知識も豊富だ。ちなみに、古い時代の書物だからといって推奨できるとはかぎらない。なかには、いくつかの点でいまとそっくりの時代もあれば、そっくりの主義主張をすることもあるからだ。たとえば、新任の彼女はロバート・ホール著[2]『現代の危機に関して思うこと』が廉価版で復刻されたという宣伝を見て、内容の傾向を思い出し、取り寄せた（大学卒業時、ブラックウェルに売り払ったので手元になかった）。そして再読し――〝大陸のあらゆる場所から追放された自由は、お気に入りの住み家だった某国に避難しようとしたが、ここでも冷たく追い出[3]

＊1――一七九六年に出版されたエドマンド・バーク（一七二九～九七）の著作。
＊2――バプティスト派の牧師（一七六四～一八三一）。この書は、フランスの革命政府に対する考察。
＊3――オクスフォードの書店で、卒業する学生の蔵書も買いとった。

され、行き場を失った。……自由が生き延びるか、暗い棺桶に永遠に閉じこめられるかを決めるのは、あなたである〟と書かれているのを確認して上司に報告。廉価版は回収された。

詩の一部も同様の運命をたどり、ポエトリー書店[*1]はいきなり検閲官に踏み込まれてさんざんな目にあった。モーブレイ書店で福音出版協会の『鎖を投げ捨てよ』や『自由都市の市民』が没収されたのは、詩集の表紙に〝エルサレムは……自由〟とあったからだ（英国の統治下にある以上、これは真っ赤な嘘）。食料や飲料の自由、住居の自由、さらには自由恋愛、自由思想、自由労働が目の敵にされたのはいうまでもないだろう。小説も例外ではなく、『ポーリンの危難』や『エレーヌ物語』の著者の手になる『ドーラの危機』[*2]は改竄された。ドーラはポーリン、エレーヌのように敵をやっつけ、最後のページでは元気いっぱいでほほえむにもかかわらず。そこで出版社は、ドーラという名前が出てくる場合は別名にし、そのような警戒心は検閲の目をよりいっそう厳しくした。

というわけで、政府機関そのものも、印刷物の作成時には神経質にならざるをえなかった。

チェスター脳務大臣は、パンフレットによる広報がもっとも重要と考えており、一週間前、広報部の職員と個人面談をした。このときキティはなぜか――大臣の何かが彼女の内に火をつけたというか――いつもの気楽な調子が消えうせて、とてつもなく堅く冷たい態度をとってしまった。

この大臣は相手に火をつける、とキティは感じた。しかも予想に反してマナーが悪い。ゲデイーズ家の仲間のケレンスキー[*3]と、ネルソン・キーズ[*4]を足して二で割ったような人。以上三点が、キティがキプロスの煙草を吸いながら抱いた感想だった。

*1——詩人ハロルド・モンロー(一八七九〜一九三二)が創業。
*2——架空のタイトル。国土防衛法(Defence Of the Realm Act)の略号ＤＯＲＡ《ドーラ》を女性の名に見立て、人気の映画『ポーリンの危難』と『エレーヌ物語』にひっかけている(どちらもアメリカの作品で一九一四年)。
*3——ロシアの革命家、アレクサンドル・ケレンスキー(一八八一〜一九七〇)。十月革命で敗北した後、亡命。
*4——英国の舞台・映画俳優(一八八六〜一九三九)。

## 第二章 リトル・チャントリーズ

### 1

土曜日の午後、アイヴィ・デルマーは観劇してお茶を飲んでから、リトル・チャントリーズの家に向かった。同じ列車の別の車両には、キティ・グラモントとヴァーノン・プリドゥがいるから、おそらく週末をエンド・ハウスで過ごすのだろう。アイヴィは自宅通勤だが、ミス・グラモントは市内にアパートをもっていた。それでもほぼ毎週、ミス・グラモントはリトル・チャントリーズの弟の家で週末を過ごし、アイヴィにはそれが不思議でならなかった。

駅に着くと、ホームにミス・グラモントの弟アントニーとその同居人（奥さん、とは呼びにくい）がいた。そしてもうひとり、耳がヤギのような四十歳くらいの男性もいて、彼がどこに滞在しているかはアイヴィでなくても想像がつくだろう。週末にはじつにさまざまな人たちがエンド・ハウスを訪れるのだ。美人、賢そうな人、着飾った人、身なりにかまわない人、グラモント姉弟のように中庸の人。あるいは音楽系、スポーツ系、文学系、芸術系、俳優系（いまホームにいる同居人、ミス・パンジー・ポンソンビーのお仲間たち）。ごく平凡な人もいれば、いやに目立つ人もいる。アイヴィはしかし、タイプを超えた共通点はあると感じていた。すなわち、自分の両親とはたぶん、うまが合わない人たちだ。どんなタイプであれ、聖書を読んでいるとは思えなかった。

ただ、もう少し深く考えると、それなりの違いはあるようにも見えた。一部の人（たとえば、あのヤギ耳の男性など）は、聖書は低俗な迷信だらけ、信仰に値しないと切り捨てているような気がする。一方、グラモント姉弟のような人は、聖書が面白いのは十分わかっているからもう読まなくていいと思い、パンジー・ポンソンビーは読みはじめたけど退屈だからやめた、死に際に何かしなくちゃと思ったらまた読むかもしれない、といったところだろうか。ミス・グラモントの兄シリルは、聖書をプロテスタントの通俗的書籍とみなしているような気がする。ほかの人たちは聖書など聞いたこともないとか、気がとがめて二度と読みたくないとか……。

アイヴィは自宅の司祭館まで歩きながら、エンド・ハウスが教会になったりしませんように、と願った。ときどきそういうおかしなことが起きるから、心配でたまらない。そんなことには絶対ならない、といくら思っても、不安はぬぐいようがなかった。

# 2

キティ・グラモントとヴァーノン・プリドゥがホームにおりると、パンジー・ポンソンビーが澄んだ豊かな声で迎えた。

「お疲れさま！　また会えてうれしいわ。ほら、かわいい坊やも連れてきたのよ。日に日に大きくなって、体重も増えて。きっとわたしに似たのね。わたしも運動しないでいると、あっという間に太るから。でしょ、アントニー？　こちらがプリドゥさん？　はじめまして。よくいらっしゃいました。アムハーストさんのことはご存じでしょう？　有能な方たちはみなさんお知り合いですものね」抑揚がアメリカ人っぽいのは、かつて*リー・ホワイトと同じ歌劇団に所属していたからだ。にこやかに温かく接することには長けている。「みんな揃ったわね。ほんとに豪華なメンバーだわ」

なかなかの一行だった。なんといってもパンジー・ポンソンビーは美しく、背も高く、動きはしなやかで（彼女はスネークダンスで知られ、ほんの一年前にもレビューの「こんにちは、平和！」で披露した）、紫色の目は切れ長で魅力的、肌はイシルマ化粧品の宣伝にも使えそうだった。化粧などしなくてもよいのだが、桃色の練りおしろいの上に白い粉、真っ赤な口紅、まつ毛にも黒い塗りもの――。ピンク、白、赤、黒は、パンジーその人を表わす色ともいえるだろう。キティは彼女を見ながら考えた。顔を天から与えられた不条理なものとすれば、何層にも塗りかためてもっと不条理にするしかないのか？　顔なんて、真剣に考えるようなものではない。自然が戯れでつくったものには、ピエロのようにおふざけで返すのがいちばんいい――。もちろん、あくまでキティの考えで、パンジーはただ習慣から化粧をしているだけだ。

パンジーのモーター付き乳母車の中にいるのは生後四か月の息子だが、洗礼名はなく、おそらく姓もないだろう。洗礼も出生届もしていないのは、両親のちょっと変わった関係によるものだった。父親のアントニー・グラモントは抜けるような白い肌の美男子で、声は哀調を帯び、どこか疲れた印象の二十七歳。人を惹きつけるパンジーの明るさにのらりくらりとつきあっているような印象だった。大戦時にはフランスの激戦地で戦い、野心のない大佐となって帰還して、戦功十字勲章を授与された。そして戦争で費やした月日と気力、体力を、残りの人生で（できれば五十年か六十年はあってほしいが）とりもどしてやる、と決めた。いまはそれを実践中で、仕事は株の売買だ。

ヤギ耳のレスリー・アムハーストは、グラモント家とは長い付き合いがあり、仕事は週刊誌

*――アメリカの歌手、女優（一八八六～一九三九）。

などの原稿書きだった。いまは「暗黒ヨーロッパの闇の力」という連載を担当し、過去六回のテーマは議会、資本主義、産業主義、国粋主義、軍国主義、報道機関。現在は七回めの「組織宗教」を執筆中だ（いまだに組織としての圧力があることに愕然とする読者もいるだろうが、現実は現実）。アムハーストは皮肉屋で感情的、つきつめて深く考えるたちだったので、ときにアントニーをげんなりさせた。何年も軍人として過ごした経験から、暗黒ヨーロッパの問題点をいまさら論じることには嫌悪感すら覚えたからだ。かたやアムハーストは、良心的兵役拒否者だった。大勢の同胞が異国の戦地で力を使い果たした後も、彼は疲れもせずに国内で戦っている。

長いまつ毛できれいな目のキティ・グラモントと、頭脳明晰でさわやかなヴァーノン・プリドゥが到着して、エンド・ハウスに向かうメンバーは揃った。じつに華やかな顔ぶれだ。

キティは弟とパンジーにキスをして、いつものようにかわいい坊やの胸をくすぐった。弟の家族といるとほっとするし、パンジーはほんとうに楽しい人だと思う。ずいぶん前、彼女が舞台で飛んだり跳ねたり体をくねらせたり、おかしな歌をアルトで歌うのをながめていたときは、こういう人が家族だといいなと思った。もちろん当時から、弟が舞台の彼女の足元に（爪先を真後ろにそらせるくらい柔らかい）花やチョコレートや軽食どころか、休日のひとときや旅まで降らせているのは知っていたものの、弟はほかの女優にも降らせることで有名だった。だからキティはまさか、弟が楽しくて費用のかかる人を家に招いて子どもまでつくるとは予想だにしなかったのだ。ただし正規の結婚ではないため、バッキンガムシャーではどうしても白い目で見られてしまう。パンジーの夫ジミー・ジェンクスは、愛情などこれっぽっちもないくせに、離婚をかたくなに拒んでいた。

　ぞろぞろとエンド・ハウスまで歩きながら、アムハーストが訊いた。

「何かニュースは？」

「この三十分は新聞を見ていませんが――」ヴァーノン・プリドゥは国内の動向につねに注意をはらっている。「五時に見た二紙では、リーズのストライキは悪化し、シェフィールドのほうはましになって、飛行バスのストライキは月曜日に始まるようです。サセックスの牧羊業者とコツウェルの牧牛業者に不安が広がっていますね」農業従事者は現在、政府に管理されているのだ。「バックウッズ卿は地元の選挙民に向けて、知的能力促進法の良心的拒否者から権利を剝奪する法案には反対すると演説しています。完全な煽動ですよ。長男が婚約したらしく、バックウッズ家にまたひとつ、子どもをもてない家庭が増えることには同情しますけどね。ほかには……国際警察がミュンヘン近郊の野外舞台の地下に、不法な武器製造工場を発見しました。それから、トミー・ジャクソンが酒類管理官になるようですよ」

「へえ」と、アントニー。「有能だったのに、もったいないな。きっと厳しい管理官になる」

「トミーにはとても親切にしてもらったわ」パンジーは乳母車の赤ん坊を真っ白な手で胸に抱きあげた。「わたしが週末をサリー・タワーズで過ごしていたころ、正しい行為とはどういうものかを助言してくれたり……。わたしはそういうものを求められていなかったから、ただ聞くだけだったけど、トミーには感謝しているわ」

「当時でもいまでも、きみに親切じゃない役人がいるなら」と、アントニー。「ぜひとも名前を教えてほしいね」

「あら、いるわよ」パンジーの口元がほころんだ。「脳務大臣のニコラス・チェスターとか。ほんとうに、彼はとことんいやな人だわ。わたしなんかには目もくれないのよ。存在する価値なし、みたいにね」

「それは少し違うわ」キティが口をはさんだ。「大臣は、どんなことでも懸命に励む人の存在価値は認めているわ。それにパンジーはマーク付きのAでしょ?」

「あら、いつだったか、バスの切符をなくしちゃったけど」パンジーはどうでもよさそうにいった。「でも、ええ、ランクはそうよ」公式の定義に従うと、マーク付きのAは、政府に寄与しない業務の従事者のうち、もっとも有能な者を指す。マーク付きAの母とB3の父のあいだに生まれた子は賞賜の対象にも、課税の対象にもならない。アントニーはオクスフォードでは優秀な成績だったが、前線で戦った結果、知能のランクがB3に下がった。

「そうね」パンジーはこぼれんばかりの笑みを浮かべた。「ニコラス・チェスターなら、幕が下りたあとでお花でもなんでもたくさんくれるでしょうね。『こんにちは、平和！』の初日の夜にはボックス席にいたわよ。政治的なショーには大笑いしていたのに、わたしの出番になったらむっつり。きっと知性も品性もない演技だと思ったんでしょ」息子を軽く上に投げ、両手でやさしくしっかり受けとめる。「柔らかい体にするの。六歳くらいになったら軽業のスターね。レビューにも出られるわ。この子はわたしに似ているの。いまだって、両足のおっきな爪先をちっちゃなお口に入れられるのよ」

「それはすごい」アムハーストが鼻眼鏡ごしに赤ん坊を見つめた。顕微鏡で昆虫でも観察するかのようだ。オクスフォード・カレッジの評議員も務める彼には学者肌のところがあり、パンジーにはいまひとつなじめないようだった。彼の周囲にはいないタイプだろうし、乳飲み子どころか、十八歳以下とはけっしてうちとけることができないだろう。彼の記事には人間性に欠けるところがあると批判されるのは、そのあたりが原因かもしれない。

アムハーストの視線は赤ん坊から教会へ――。そのまなざしは変わらず鋭い。

「組織宗教だな。アントニー、わたしは明日の朝、あそこの礼拝に行ってみるよ。いま書いている原稿の参考になるだろう」

「礼拝にはみんな行きますよ」キティがいった。「エンド・ハウスは村のお手本にならなくてはいけないので。シリルもこだわらずに一緒に行くでしょう。明日の日曜は〝脳の主日〟だから、司祭のお話も聞きたいし、ヴァーノンとわたしは仕事柄、かならず行かなくてはいけませんし」

「礼拝が楽しいとは思えないが」と、アントニー。「ぼくらもつきあうよ」

「前に一度、日曜に行ったとき――」パンジーは教会のゴシック様式の尖塔をながめ、言葉を切って考えこんだが、声に暗さはなかった。「司祭に入るなって断わられたわ」

「ほかにどうしようもなかったのだろう」アムハーストは冷静にいった。「組織宗教はきみのような立場を承認しないからね」

「司祭はわたしの立場がわかっていて……。頭の固い古臭い人とは少し違うみたい。あとでわざわざ訪ねてきて、いろいろ説明してくれたの。ずいぶん不機嫌だったわねえ……。わたしもそうだった？」

「いいや、ぜんぜん」アントニーはさらりといった。

「ちゃんとしたことをやりたかっただけなの」パンジーはきれいな声でしゃべりつづけた。「小さいころから、教会にはたまにしか行かなくて、べつにそれでいいんだと思っていたけど、いまはね、この子の将来のためにも、ちゃんとしたことをちゃんとやりたいの。大人になって、不可知論者とかになってもかまわないのよ。そういう人はたくさんいるでしょ。司祭のデルマーさんは、わたしの生き方は中途半端だっていうの。ずいぶんやさしい言い方じゃない？　だって、中途半端どころか、ずいぶん思い切って生きているような気がするから。でもいわれてみれば、坊やが生まれたときはほんの少し中途半端な気がしたわ。だから洗礼を受けさせなかったのだけど、司祭はこの子には正当性があるといって……。きっと、受洗させたくて訪ねてきたのね。トティ・オクレアが洗礼式の代母になるといってくれても、話はまとまらなかったけど」

「パンジー、もういいんじゃないか？」アントニーがやさしくいった。「アムハーストとヴァーノンは、赤ん坊にも洗礼にも興味はないだろう。トティ・オクレアにもね」

パンジーは澄んだ紫色の瞳で男性陣を見て、にっこりした。柔和ながらも毅然としたアフロディーテのように。あるいは（おしろいと真っ赤な口紅をべつにして）、イエスを抱いた聖母さながら。

「パンジーは『システィーナの聖母』みたい」と、キティ。「いま気がついたわ。天国から舞い降りてきたように純粋無垢で、ゆったりのんびりして、右往左往することもない。わたしたちは賢く有能な人間になりたくて必死だけれど、パンジーは泉やメロディのように自然に湧き上がってきたというか……。チェスター大臣とはぜんぜん違うわ。大臣よりパンジーのほうがすごいと思わない、ヴァーノン？」

「どっちもすごいよ」彼は如才なく答えた。「ただ、きみのいうようにタイプはまったく違うな。大臣はどう見ても泉やメロディじゃないし、のんびりもしていない。天国から舞い降りてきたとは思えないし、大臣としての行く末がはたして天国のようかどうかも……。ほら、みんな、あれを見て」

広場を歩いていくと役場があり、正面の壁に大きな政府広報のポスターが張られている。ヴァーノンとキティは誇らしげな顔で連れを見まわした。アムハーストは冷ややかな笑みを浮かべ、アントニーはどうでもよさそうに、パンジーはふうんという顔で派手な政府宣伝を見上げる。

「いまの政府は有能よね」と、キティ。「脳務省もすごいわ。田舎の役場が全部、あのポスターを張ったら……。大臣はにやついたりせずに、まじめな若者のように、誇らしげにながめると思うわ」

「うん、きっとね」ヴァーノンは片眼鏡をはめてじっくりと読んだ。今週できあがったばかりの脳務省のポスターには、大きな文字でこう書かれている――「知力育成講座に参加して、脳を鍛えましょう！　あなたのために、祖国のために、子どもたちの未来のために。歳をとっても、脳はいつまでも若々しく！　知的能力を養えば、豊かで幸福な時を過ごせます。受講者の声を聞いてみましょう。あなたも成功者の仲間入り！」

その下に小さな文字で、受講者の感想が記されていた。

・有名投資家——受講しはじめてから収益は倍になり、ライバル七百五十人の収益を半減させた。講座を修了するころには、この数を倍にしたい。

・閣僚のひとり——受講したおかげで、この六週間、いまの地位にとどまることができた。少なくともあと三週間はそうありたいと願っている。

・新聞社主——受講後に八種類の雑誌を創刊し、三つの政府を転覆させ、国際危機を四度誘導し、太平洋諸島に大英帝国を知らしめた。

・誰もが知る週刊新聞の編集者——精彩に欠ける記事ばかりになったと感じ、受講を決めた。受講後は記事に力がもどり、著名人九人を批判、名誉棄損で提訴された六件で勝利した。知力育成講座は全力で生きる術を教えてくれる。

・公務員——部署が新設されるたびに異動し、本講座によりトップまで昇りつめ、その部署が閉鎖されてもなんら不都合なく他部署へ行ける。

・出版者——受講の経験をもとに五作の不快な小説を刊行したところ、〈スペクテイター〉誌のコラムでいまなお論争があり、結果的に小説は十刷。脳務省の講座のおかげで、成功と失敗の要因が見えてきた。

・ジャーナリスト――破壊／事実上／絶滅／プロレタリアートという言葉を辞書の定義に従って厳密に用いるようになり、〝平和主義〟はせいぜい使っても日に三度、〝不可欠〟や〝唯一無二〟はいっさい使わなくなった。

・有名な神学者――受講前は非国教の司教だったが、受講後は思考が浄化され、目が開かれ、真の信仰の導き手となれた。知力育成講座は、生きる意味をわれわれに教えてくれる。

・元国務大臣――受講後は情報の重要性を認識し、演説でほかの政治家の演説を流用するときは、かならず事前にその概要を読むようになった。

・詩人――いま、わたしの詩にはすべての行で韻が踏まれ、一九一二年からこだわっていた昔ながらの自由詩には別れを告げました。失われたもののなかにも詩があり、血でもなければ涙でもない、汗でもない戦火のなかにも詩があるでしょう。

・新聞への批判投稿常習者――今後は二度とやらない。

・一市民――婚約していましたが、いまは自由になりました。

そこからまた大きな文字の文章がつづく。

すべて生の声です！　さあ、あなたも受講しましょう！　あなた自身のために、祖国のために、子どもたちの未来のために。知恵はどこに見いだされるか？　理解、自得はどこにあるのか？　古代の伝道者は尋ね、答えは得られなかった。なぜなら、そんなものはどこにもないから。しかしいまなら、答えはすぐ目の前にある。知恵は知力育成講座にあるのです。経験者が愛着を込めて語る知力育成講座をさっそく受講しましょう。詳細は脳務省の知力育成課にお問い合わせください。

また、〝受講前・受講後〟として、若者ふたりの写真もあった。前者はいかにも鈍重そうな顔、後者は自信に満ちて奸智に長けた顔。知力育成講座を受けると、朴直さまで消えてしまうらしい。

「国民のひとりとしてお尋ねするのだが」アムハーストがオクスフォード出身らしい訊き方をした。「あなた方は、このような宣伝をする省にどれくらい勤務するおつもりなのかな？」

これにはキティが答えた。

「六か月以上勤めてきて、少なくともあと三か月は継続したいと思っています。逆に――国民のひとりとしてお尋ねしますね――あなたはどれくらいがよいと思われますか？　個人的には、いまわたしたちが使っているホテルやほかのホテルが破壊されずに無事なことに驚いています。飛行バスがストライキ中に上空から爆弾を落としてもおかしくないでしょう？　つまり、脳務省は国民に支持され、国民は強制的な知能改善を受け入れているということです。自分たちはもっと向上しなくてはいけないとわかっている。ほら、見てください。ここを歩いている人たちはみんな〝受講前〟の顔をしているし、あそこにいる服をはだけた警官はミュロンの有名な円盤投げ《ディスコボロス》の彫刻のようにたくましいものの、知能は犯人をつきとめられないワトソン博士といったところでしょうか。わたしたちをじっと見ているのは、怪しい一行だと決めつけているからでしょう。たとえ根拠がひとつもなくてもね。それに、あそこのフォード。あの車に乗ったのは医師のようですが、はたしてまともな治療法を、人体の科学的知識をどれくらい知っているのか疑問です。せいぜい、既存のいろんな薬を処方するくらいかと。でもそういえば、わたしたちを見ても、いやな顔はしなかったわね……。どうしてかしら、アントニー？」

「彼と司祭はそんなことはしないよ。住民への奉仕が仕事なんだから。ほら、司祭が外に出てきて、ぼくらに手を上げている」

アントニーも司祭に向かって片手を上げ、パンジーはにっこりと会釈した。アムハーストは、小柄で穏やかな表情の司祭をじろじろながめながら歩き、司祭館を通りすぎてからかぶりを振った。

「司祭のわりには頭が弱そうだな。組織宗教の聖職者には悪魔の素質もなくてはいけない。せめて聡明な公務員くらいでないとね。ヴァーノンなら適任だよ。チェスター大臣でもいいが、大衆を見る目が一風変わっているからな。ああいう司祭に任せているかぎり、この国でキリスト教は無用の長物といわざるをえない。あの司祭に何かを差配する力があるようには見えないよ。日曜学校のおやつも、小さな丸パンとかね。しかし世の中にとっては、聖職者が無能なほうが希望がもてるだろう。そのうち国民は信仰を棄《す》て、議会やひどくなる一方の独裁政権をほろぼすかもしれない。そういう意味では、司祭の愚鈍さはいいことだ。明日の日曜、脳務省のお望みどおりに説教すれば――見たところ、愛国心と忠誠心に富むようだ――将来的に、司祭自身のためにはならないだろうが。まあ、それをいえば、きみたち脳務省の人間も同じだけどね。国民の知能の向上に成功すれば、きみたち自身は用なしに、お払い箱になることがわかっていないらしい。自分の止まった木の枝を自分で切り落とそうとしているようなものだ。ただ運のいいことに、のこぎりの切れ味はすこぶる悪い」

「チェスター大臣なら、わかっていても同じことをするでしょうね、たぶん」と、キティ。「大臣は理想主義で、事実を見る目は鋭いから、大義のためなら死ぬ価値もあると考えるでしょう」

「だが現実は――」と、ヴァーノン。「大臣は、枝が落ちても死にはしないよ。すぐさま別の枝に移り、国民の救世主となる。ニコラス・チェスターは墜落死などしない」

# 3

人家もまばらな村のはずれにあるエンド・ハウスは、広々として雑然として、堅苦しさがなく、レビューのスター役者の名前がついた犬が何匹もいた。外装と内装は、芸術家も輩出した名家のグラモント家とパンジーの趣味がうまく折り合いをつけている。彼女を知っている人がここを見ても驚かないだろうが、ここを見てから彼女に会った人はきっと驚くだろう。応接室の床には明るい色の大きなクッションがばらまかれている。デルマー司祭が夫人ともどもここを訪ねるたび、まず戸惑うのがこれだった。夫人はずいぶん東洋的だと感じ、東洋の不可解な習慣をとりいれたように見えるのは、クッションにとどまらない。また、炉棚にはパンジーの友人たちの写真がずらずら——親友のトティ、旧友のガイ、愉快なフィリスとハリー（離婚に応じないジミーの写真もあり、司祭夫人がパンジーの置かれた状況をもっとよく知っていたら、首をかしげていただろう）。幸いにもというべきか、写真の一部は上半身のみで、司祭夫人は女性がきちんと足を隠しているのかどうかわからずにいらいらした。初めてエンド・ハウスを訪ねたとき、夫人は「長いドレスのはずよね」と不快げに顔をそむけたほどで、レビューを観劇した経験がないのは明らかだった。ゆったりしたドレスに慣れているのだろうが、服装は人それぞれの習慣でしかない。

こういう写真に加え、くねくねしたダンスを踊っているパンジーを描いた絵が一因となり、デルマー司祭夫妻は娘のアイヴィにエンド・ハウスへ行くべからずと厳命した。とはいえ夫妻は（たとえ知的レベルは低くても）なみはずれて善良なので、教区内に罪があれば見過ごすことができず、エンド・ハウスのような例はなんとしてでも正しい道にもどしたかった。また、心根やさしくこまやかなため、パンジーと幼子が一日中、村でもとりわけ品行の悪い使用人ふたりと過ごすのが心配でならない。そしてともかくキリスト教徒である以上、不信心者に社会性を説いてきかせるのは当然だった。というわけで、夫妻は病院に通うがごとく、エンド・ハウスを訪ねていた。子どもたちに近寄るなと厳命したのは、この病院に入ると感染する恐れがあるからだ。

五月の夕刻、エンド・ハウスの主人と友人たちは開け放した玄関から入っていった。思いや感想は人それぞれで——。

まずアントニー・グラモントは、この家と庭、パンジーと幼い息子が自慢だった。若くして一家の（曖昧な面はあるにせよ）長となり、なんといっても連れ合いは、ショーのポスターに大きな字で名前が載る、名実ともにレビュー界を代表する女優なのだ。彼でなくても鼻高々になるだろう。ただこの数年、自分の生き方そのものに、心身ともに疲れを覚えはじめていた。

どこかしっくりこない、満足感がない、違和感と束縛感……。そんなときはパンジーが用意したクッションに腰をおろすとほっとした。

そしてキティはといえば、この家が大好きだった。パンジーがデザインした応接室を見るだけで、沈んだ気分がぱっと明るくなるほどだ。

一方、ヴァーノン・プリドゥは、炉棚に並ぶ写真を目にしてぞっとした。聖女がデザインされた椅子のカバーにも。キティと違い、彼に喜歌劇の趣味はなく、礼儀もセンスも男そのもの、どうせレビューのスターを見るなら、舞台にあがっているときだけで十分だと思う。

アムハーストの感想は単純明快だった――連載「暗黒ヨーロッパの闇の力」の第八回はこれで決まり、金がかかるだけで道義心も思考力もない女。

パンジーは赤ん坊を二階へ連れていき、キティは一緒に行って、甥っ子がお風呂に入るのをながめた。小さな坊やは両足の大きな爪先にかぶりつく。

あとは夕飯までに、シリルが到着するのを待つだけだ。シリルは長男で、ヴァーノンとはケンブリッジの同期であり、国教会ではなくカトリックの信者だった。ウィットに富むエッセイや軽妙な詩を書いて、最近は出版も手掛けている。そしてパンジーと、しょっちゅう喧嘩した。

シリルは大戦中、サロニカ戦線のマケドニアに派遣され、アンフィポリスで古代の像や遺跡の発掘作業にも携わった。小さな地図帳を手に、キリスト教の害を受けた地域をめぐったのだが、町々の悪しき習慣、悪しき風潮を実感し、パレスチナではユダヤとテュルクに反感を覚えた。こうした経験から、やはりキリスト教は正しいと確信するにいたり、無神論者からキリスト教信者になることを決意する。しかし戦時下では何もできない、キリスト教徒なら戦争を語り、戦争に抵抗するのが務めだと考え、終戦を待ってから、具体的な教派を決める研究にとりかかった。最初のうちはどれも多少奇異に感じ、客観的に判断できる友人に相談したところ、きみにはローマ・カトリックがいいだろうといわれた。堅物で古風、四角四面なところがあるからだが、それでも甘美な典礼は避けたほうが無難とのこと。パチョリの香水やカルロ・ドルチの絵のように、うんざりするに決まっている。「それにともかく」と、彼はいいそえた。「ローマ・カトリックは蒙昧主義だから、ほかの教派より長生きするよ。信仰を継続したいなら、ローマ・カトリックがお薦めだ」

シリルが細かく調べたところ、聖堂の芸術性は自分の趣味にぴったり合い、教義は鋭く的確だった（芸術に関し、彼は戦後派の感傷的で怠惰、知性のかけらもない作品を忌み嫌っていた）。新奇な種子から芽吹いた奇妙な世界よりは理解可能であり、彼はさっそく入信した。組織宗教など長続きしないと、周囲に猛反対されてもなお。

そんなシリルがエンド・ハウスに到着した。上品で整った顔だち、鋭い眼光、自信に満ち満ちたものごしは、エンド・ハウスにはそぐわなかった。雑然としておおらか、不合理で不明瞭、犬が鳴いてクッションが散らばるエンド・ハウスには。

日が暮れると、パンジーがスネークダンスを披露した。長い髪は垂れ、聖母どころか、酔って乱れた娘にしか見えない。彼女のいうジョークも品が良いとはいえず（レビューのショーではときに下品になるしかなく、染みついた習慣は舞台を下りてもなかなか消えない）、アムハーストはもちろん顔をしかめた。するとパンジーが、シリルにくってかかった。彼がほがらかに、しかしきっぱりといいきったのだ――洗礼を受けない子は地獄へ行くよ。パンジーの激しい口調にシリルはあやまりはしたものの、真実である以上、撤回して彼女の機嫌をとる気はない。シリルは彼女が腹を立てるのが面白く、アムハーストが〝地獄〟という言葉にどう反応するかも見たくてこんな台詞をいったのだ。

キティは場をなごませたくて、トランプをしようと提案した。「国際連盟」という新しい遊びで、何ひとつやっていないようでありながら、カードを一枚でも多く集めた者が勝ちになる。

こうして夜はにぎやかに過ぎてゆき、エンド・ハウスがようやく眠りについたころ、小さな村の家々はとっくに明かりを消していた。

## 4

五月の月明かりの下、小さな村の広場は脳務省のポスターとともに眠りについた。医師は自分が、本来あるべき医師の姿からどれほどかけ離れているかを知らないまま熟睡している。

患者たちは、やわらかな夜風に窓を閉じ、眠れないまま、あるいはうつらうつらしながら寝返りをうつ。ときおり体を起こしては、絶望、あせり、素朴な信仰心、ただの義務感から薬を飲んで、回復できる日をあてもなく考える。快方に向かっている患者も、息苦しい病室で眠ろうとした。福祉とはどういうものなのかがわからない。赤ん坊の泣き声、つかまえられないノミ、あからさまな罠を素通りするネズミ、無視したくても無視できないうるさい子どもたち、なかなか幕が下りない昨日、なかなか幕が上がらない明日——。

デルマー家も夜の闇に包まれていた。司祭が眉間に皺をよせて寝入っているのは、苦難の多い人生だからか。あるいは望んだ力が遠のいたか。リトル・チャントリーズを変革する力、自分がつかもうとしてもつかめない改革の力。

妻はときおり、ふっと目覚めた。新しい料理人のつくるペストリーはなんともひどく、心配でたまらない。妻は知恵がまわらないので、家庭でもたもた調理するより村の共同台所を使うべき、ペストリーは自動調理器に任せるべきだということがわからない。現代的なやり方、というだけで、妻は自動調理器が気に入らなかった。けっして気丈なほうではないから、山のような心配事に押しつぶされて死んでしまうかもしれない。その気になれば、いくらでも解決できる心配事であろうと。

子どもたちはいつものように眠りこけていた。アイヴィをべつにして、生まれてくるべきではなかったかもしれない。いずれも知能は標準以下なのだ。子どもたちはみな、何も考えずに眠りこけていた。

アイヴィはもうしばらく眠ることができる。目覚まし時計にクッションをかぶせたからで、それができるほど、同居人たちより頭がいいということだ。

リトル・チャントリーズは眠り、世界は眠る。支配する側もされる側も。闇の力と光の力、勤勉と怠惰、悲哀と享楽、過去も未来も見ることができない哀れな子たちも眠りのなかにいる。

一筋の朝の光――。広場のポスターの赤い大文字が小花さながらきらめいた。

「脳を鍛えましょう！」

〝脳の主日〟が明けてゆく。世界の夜は、この日がなくては闇のままでもあるかのように。

# 第三章　脳の主日

## 1

アイヴィ・デルマーの予感は当たった。エンド・ハウスの人びとが揃って朝の祈りに訪れたのだ（日曜の昼の祈りもあるにはあるが、時代遅れとみなされていた）。みんな最前列に近い場所にすわり、アントニー・グラモントとミス・ポンソンビーは並んで何やらささやきあっている。ミス・ポンソンビーの服は桃色のギンガム・チェックだが、派手さはほどほど。最近は誰でも、戦争で大儲けしたんだろうと非難されないよう、高級品や衣装を見せびらかすのは慎んでいた。実際に大儲けした人も控え目で、立派なものを着ているときは、戦時国債を購入した利子があるとかなんとか言い訳をいう。ミス・ポンソンビーは忍耐と諦めの境地なのか、静かにほほえんでとても素敵だ。彼女の隣には、いろんな色がまざった地味なドレスのキティ・グラモント。その横にいるヴァーノン・プリドゥは落ち着きがなくそわそわしている。朝の祈りなど面倒くさくて早く帰りたいのかもしれない。あるいは仕事で気がかりなことでもあるか、もしくはその両方か。そしてベンチの端ではアムハーストが、たぶん原稿のネタさがしだろう、集まった村人や教会の様子を眼鏡ごしにじろじろながめている。そしてもうひとり、カトリック信者でありながらプロテスタントの朝の祈りに参加したシリル・グラモント。カトリックの教会が、彼に特別免除を与えたとしか思えない。

アイヴィはエンド・ハウスの人たちから父親へ視線を移した。白い法衣姿で聖書台の前に立ち、脳の主日に合わせて『箴言』の八章から九章を語っている。

「知恵が呼びかけ、英知が声をあげている。高い所に登り、道のほとりに立ち、門の傍ら、町の入口、門の入口で呼びかけている……未熟な者は熟慮を覚え、愚かな者は知恵を得よ……。知恵は家を建て、七本の柱を立てた（それが脳務省のホテルだわ、とアイヴィは思った）……娘を町のもっとも高い場所へ送り（リトル・チャントリーズの役場ね）呼びかけさせた……『無知な者はここへ来なさい……愚かさを捨て、命を得て、英知の道を歩みなさい』……知恵ある者に教えを与えれば、その知恵はより多くなり、正しい者に与えれば、その者はより深く学んでゆく……主《しゅ》を畏れることは知恵の始まり、聖なる者を知ることは知恵の始まり」

アイヴィはちょっと不思議に思った。両親は信仰に身を捧げた聖なる人、というか、ともかくすばらしい善人なのに、なぜかいまだに……。そうそう、あくまで知恵の始まりで、真ん中でも終わりでもないからだ。知恵に終わりがあるかどうかはよくわからないけれど。

父は大きな聖書を閉じて、最初の朗読はおしまいだといった。アイヴィが母に目をやると、母は自分の小さな聖書を閉じている。朗読を聞きながら、その箇所を手元の聖書でも読む人なのだ。正直で心根やさしく、公平無私ですばらしい母親だとアイヴィは思う。それでも歳をとるのは避けられないから、知力育成講座を受けたほうがよいのだけれど、そんな暇はない、家や庭や教区の仕事で忙しい、と母はいう。脳務省のパンフレットによれば、家事や庭仕事の半分は機械に任せ、住民協同でやることもできるとのこと。そのほうが仕上がりもよいし、自由時間も増えるだろう。でも、増えた時間でいったい何をする？　素朴な疑問に対する脳務省の答えは「そうやって、日々の雑事に使う時間を節約し、もっと実のあることをやりましょう」だ。アイヴィが思うに、〝実のあること〟は頭を使って考え、語り、世の中の出来事に精通することだろう。母は司祭館に新しい女の子が加わると、かならずペストリーの作り方を教えたが、なかなかうまくいかなかった。最近の子がまともな作り方を知らないのは機械に任せればよいからで、草取りにも電気の道具がある。しかしそんなものを使ったら、感電して髪が逆立って、川面から跳ねる魚のように飛び上がってしまうのではないか。母は労力を節約できる賢い機械の話を聞いても、若い子たちのように使おうとはしなかった。本来なら、地元の教会が率先してやるべきだろうが、いま教会は、政府とは完全に分離、独立している。

きょうのアイヴィは珍しく、集まった人たちの服装よりも顔をじっくり見ていった。まずは自分の兄弟姉妹――。妹のベティは学校を出たばかりで、家では髪の手入れと草花の世話、ときどきランプの掃除をするくらいで、あとはテニスやホッケーにあけくれていた。ホッケーでは、バッキンガムシャー代表で全国大会に出場したこともある。それでもときにはお茶をしに出かけ、ときには服を染めたり、犬を洗ったり。そしてチャーリーはケンブリッジの学生だが、学士取得の一次試験が免除になるということで従軍し、幸運なことに生還できた。戦場ではなく試験で戦っていたら、ほぼ確実に討ち死にしていただろう。一方、レジーは戦争も試験もやりとげることができず、一九一七年十一月、カンブレーの戦いで命をおとした。まだ十二歳と十一歳のジェーンとジョンは、いまは離れてすわり、モールス符合で会話をしている。有名な軍人の名をとったジェリーは小柄で太めで、年齢不詳のままデルマー家の一員となった。いまは母とアイヴィにはさまれて聖歌隊席にいる父をながめ、父は〈パンチとジュディ〉でも観ているかのように、たまに声をあげて笑っていた。

みんな善良で（アイヴィとベティは仲が悪く、相手の物をこっそり盗んだりしたけれど）、いい家族だった。ただ、全体としては単純というか、もっと深く考える力が必要かもしれない。知能は向上するか、しないのか、それが問題だ。家族にとっても、集まった信者たちにとっても。

だらしない服装でこっそり飴玉をなめていた小学生が、汚れた手を教師のスカートで拭き、デルマー司祭が説教壇の前で朗読を再開した。

「愚か者は心の内で、神はいない、といった」これは『詩篇』の一節で、アイヴィはアムハーストの自信満々の顔に薄い笑みが浮かんだのを見た。ベンチでゆったりかまえ、じつに面白い、せいぜい楽しませてもらおうとでも思っているかのようだ。ああいう人は、たとえ心のなかでも〝神はいない〟といったりはしない。なぜなら、わかりきったことだから。教会員になるなどばかげていると考える人たちはいて、彼らを描こうとした作家アーノルド・ベネットとは違い、知的に同等の人間とすらみなさなかった。優秀な信者のことは避けまくり、愚考に出くわすと大歓迎して批判するのだ。アムハーストはたぶん、組織宗教の原稿ネタが舞い込んできた、きょうはラッキーだくらいに思っているのだろう。

アイヴィはうかがうように、エンド・ハウスの人たちに視線を向けた。父親の説教は笑えるような話ではないが、あの人たちならきっと笑うだろう。頭の悪い司祭に何をいわれても、うんざりするか、ばかにするだけ。ほんとにいつでも頭の良し悪し。そればっかり。聖職者は頭が良くなくてはいけない、相手が誰だろうと（裕福・貧乏、上流・下流、有能・無能）、感心させられる話し方ができなくてはいけない。エンド・ハウスの人たちの目で見れば、宗教はギリシャ神話的な古色蒼然たる民間伝承でしかないのだろう（パンジー・ポンソンビーと、たぶんシリル・グラモントを除いて）。そんなとんでもない伝説と、その背後にあるもっととんでもない力は、無能な聖職者の管理下にある。自分が理解できないことをほかの人間に伝えられるわけがなく、聖職者は信仰をひっかきまわすだけ。秘書のポンフリーが書類をごちゃまぜにするのと同じだ。異様な力が稲妻さながら、彼らを粉砕しても驚くにはあたらない。

　こういう考え方はアイヴィにはぴんとこなかったから、ピーターソンの奥さんの帽子を見ながら忘れることにした。ピーターソン雑貨店は花の代わりに自家栽培の野菜を飾るほどわびしいから、俗にいう〝大戦中に買い占めて大儲けする〟恩恵にあずからなかったのは間違いない。

## 2

　デルマー司祭は無神論、すなわち愚かさの極みについて語った。いささか気後れするテーマだが、強い心をもって、久しぶりに大勢集まった信者に説き聞かせる。

「神の存在を否定するなど、とんでもないことというしかありません。この世は計り知れないほど広いということを忘れないようにしましょう。神はすべてのものを、距離を置いてつくられたのです。皇帝ナポレオンは星空を見上げ――」

　アイヴィはナポレオンの話を前にも聞いたことがあるので、また帽子やら服やらをぼんやりながめた。ふたたび耳を傾けたとき、ナポレオンの話は終わっていたものの、星空の話はつづいていた。

「急行列車が時速六十マイルで月に向かって走り……現実にはできませんけどね……途中停車しなければ、一年八か月と二十六日で月に到着するというのが科学者の計算です」

アイヴィは学校で教わったことを忘れるほどの年齢ではないので、父は地球と月の距離を間違っているような気がした。

「それでもなお、神は存在しないという人びとがいます。そこでもっと遠いところ、輝く場所を考えてみましょう。同じ急行列車で同じ時速で、今度は太陽に行ってみるのです。みなさん、どれくらいの時間がかかるか想像できますか？　なんと、最低でも百七十五年と一週間と六日だそうです」（アイヴィは暗算をあきらめた）「これでも神の存在を疑うことができるでしょうか。では、もうひとつ。急行列車が木星を目指したとしましょう。科学者によれば……みなさんは科学者のいうことなら信じますね？」（アイヴィはほっとした。父は何かの本を読んだのだろう）「木星が地球からいちばん遠くにいるとき、そこを目指す旅は千九十七年と九か月、二週間と五日、十時間と少しだそうです。星から星への旅は、考えるだけで頭がくらくらしますね。そしてこれを、人間には理解できない〝自然の力〟の働きだと声高にいう人びとがいる。どうか、みなさん、考えてみてください。これほど遠く離れたものをつくろうと思い、実際につくることができるのは、神以外にありえないのではないでしょうか？　しかも木星は、これでもまだ地球に近いほうなのです。夜空を見上げれば、名もなき星々がきらめいています。地球からはとっても小さく見えますけれどね。ではここでもうひとつ、急行列車で夜空の旅を――」

アイヴィはまともに話を聞くことができなかった。エンド・ハウスの人たちの様子が見るからに変わったからだ。もちろん、アムハーストは眉ひとつ動かさず、パンジー・ポンソンビーはあらぬ方を見ていたものの、ヴァーノン・プリドゥは頬杖をついて首をかしげた。キティとアントニーは（露骨ではないけれど間違いなく）ぴくぴく肩を震わせ、シリルの唇がひきつった。シリルは子どものころからほかのふたりより自制心があったし、カトリック信者がプロテスタントの礼拝に参加して笑うなどもってのほかだとわかっている。

アイヴィは怒りすら覚えた。父は心を込めて話しているのだ。彼らの姿を見たら傷つくにちがいない。そもそも礼拝中に笑うのは不謹慎で、それくらいは小学生のジェーンやジョンだって知っている。エンド・ハウスの人たちは小学生以下なのかもしれない。

「きょうは――」惑星旅行は無事に終了したようだ。「国民の知力向上に向けて、国が定めた〝脳の主日〟です。はい、わたしたちは頭脳の力を高めることに努めなくてはなりません。しかしまずは、信仰のおおもとから考えてみましょう。信仰心のない知恵とは何か？　虚栄と虚無でしかありません。永遠という時の流れから見れば、神を信じない知恵者はただの愚者ではないでしょうか。神を信じれば、愚者でも大きな恵みを与えられます」(「なんだか、政府の方針に反対しているように聞こえない?」キティがヴァーノンにささやいた。「星旅行の話にとどめておけばいいのに」)

司祭の話はつづき、美徳と知性を兼ね備えればさらにすばらしいと、ダーウィンやゴードン将軍、聖パウロを例に挙げた。また、ロバーツ卿は一九一五年六月、息をひきとるときにこういったという――「兵士はいる。金も物資もある。さあ、あの国をやっつけろ」*

ここでヴァーノン・プリドゥは、すっと背筋をのばした。この台詞は死者を貶めるに等しいとして、とっくに引用されなくなった、と司祭に抗議しそうな雰囲気だ。

美徳と知性が合体したすばらしい例はほかにもある、と司祭はいった。ヴィクトリア女王しかり。フローレンス・ナイチンゲールにロンダ子爵(食料が乏しい戦中、進んで質素な生活を送った)しかり。ただ残念ながら、ナポレオンやニーチェ、ヴィルヘルム二世はそうではない。賢人が善人とはかぎらず、その逆も同様で、ときにはどちらでもないことがある。たとえば、

*――一八七八年に流行した愛国的な歌の一節を改変したもの(「戦いたいとは思わないが、ジンゴ! やるならやろう。軍艦はある。兵士もいる。それに金も持っている」作/G・W・ハント、歌/G・H・マクダーモット)。

ドイツ最後の皇太子のように（この皇太子はいま、ペトログラードから来たレーニン、トロツキーとも太平洋の小島*で暮らしている。三人とも愚人ではないし、さほど悪人でもない、と思いたいが、多くのロシア人がそうだったように、大きな不運に見舞われて道を誤った。とはいえ、評価は後世に委ねるしかないだろう）。

「知的で、かつ善良であるように努めましょう。全力を尽くし、精神を向上させるのです」と司祭はいい、脳の主日らしい説話だから、ヴァーノンの顔つきもやわらいだ。「知的な人間になることが、国民としての義務だといえます。神は人間を、下等動物とは異なるように創られました。動物には本能があり、わたしたちには理性がある。理性は人類が受け継いできた貴重な財産なのです。これまでも人類は、とても賢かった。火を、電気を発見し、印刷術や蒸気機関、飛行機を発明しました。これからさらに、もっともっと賢くなり、神のもとで新たな発見、発明ができないはずはありません。そしてひとつ、これだけは確認しておくべきでしょう。国家は国民生活への干渉に、慎重であらねばならない。戦時中はずいぶん干渉し、社会主義の、圧政のにおいさえしました。英国人の家庭は城塞である、といわれます。そう、何ものにも侵されず、安全なのです」

しかし食糧不足の時期、一部の信者の家庭は警察の監視下に置かれた。

「ふりかえっても、いまのわたしたちほど法を順守する民はいないでしょう。と同時に、個人の生活は干渉されるべきではないと、これほど強く感じた民もいませんでした」

司祭によれば、国が婚姻局を設け、従わない者は罰するといいだしたときは、さすがに行き過ぎのように思えた。自由放任主義は、もはや経済政策では使われないが、国民の私生活では生きつづけており、婚姻を決定するのは国家ではなく神である。頭の良い者とだけ結婚せよ、子どもは頭の良い子だけにせよなどと、神はいわなかった。神は創世記の書き手を通じ、〝産みなさい、増やしなさい、この地を満たしなさい〟といったのだ――。

ここでアントニーがつぶやいた。「神はソロモンを通じ、役にも立たない子を何人もほしがるな、ともおっしゃった」聖書をところどころ覚えているらしいが、出典に関してはいい加減だ。

司祭はこれから大胆なことをいわせていただく、法の手が伸びてもやむをえない、と前置きしてからつづけた。

「わたしたちは良心的忌避者となって、このような干渉に抵抗しなくてはいけません。天から授かった子の知能が低いからといって、税金を払う必要などあるでしょうか？」

司祭はこんなことを思いつきでいったりはしない。人それぞれの良心の問題ではあっても、

＊――ここは史実と異なる創作。

自分がいわないわけにはいかないと感じたのだろう。

アイヴィはショックだった。まさか父がきょう、ここまでいうなんて……。恐るおそるヴァーノン・プリドゥの顔色をうかがう。立派な人だと思う半面、怖くもあった。父の言葉に対する怒りはどれくらい大きいだろうか。キティ・グラモントのほうは、本気で怒るほど深刻には受けとめていないように見えた。アイヴィはときに、脳務省のやることは、いやほかのどの省も、悪ふざけでしかないように思えることがある。

説話は国への忠実な言葉で締めくくられ、アイヴィはほっとした。知力育成講座をすぐにでも受けなさいと、信者たちに勧めたのだ――「大義があるかぎり、国に従うことに後ろ向きになってはいけません。わたしも家族とともに参加したいと思っています」。これに司祭の妻、すなわちアイヴィの母親は、ちょっと複雑な顔をした。どうやれば、受講する時間を捻出できるか考えているのだろう。アイヴィはヴァーノン・プリドゥの肩から力が抜けたように思った。これで父もたぶん、反逆者扱いされずにすむ。

とにもかくにも説話は終わり、信者たちは立ち上がって賛歌（脳務省がつくった新作）を歌い、低知能者の教育に献金し、心の闇を払う（低い知能を向上させる）祈りを捧げて教会を後にした。

## 3

「あの司祭は通報されてもおかしくなかったよ」昼食の席でヴァーノンがいった。「あそこまで、国益に反する主張をしたのだから。埋め合わせる話で締めくくって、なんとか救われただけだ」

「宇宙急行列車の話でも救われたわ」と、キティ。

「充実した朝を過ごせたな」と、アムハースト。

「プロテスタントはじつにすばらしい」といったのはシリルだ。

「あの司祭はおとなしい羊みたいな人だと思っていたのに」と、パンジー。「今朝はびっくりよ。赤ん坊の税金についてあんなことをいうなんて。脳務省のお役人がふたりもいるのに気がついて、冷や汗どころじゃなかったでしょうね。司祭に明るい気分になってもらえるよう、坊やに洗礼を受けさせようかしら。ねえ、どう思う？」

「きみさえ気が向けば、何度でも受けさせたらいいよ」と、アントニー。「ぼくのことは気にしなくていい。だが洗礼となると、名前を考えないとな……。シドニー、バート、ロイド・ジョージとか？」

「モンモランシーよ」パンジーは即答した。「愛称はモンティ。レビューだとすごく受けるわ」

デルマー司祭の説話を聞いて、何人の信者が政府の講座を受けるかはさておき、少なくとも幼子がひとり、キリスト教徒になることが決まった。

## 4

母がアイヴィにいった。

「お父さんが説話であいったのだから、みんなで講座を受けなくてはね。でもねえ……わたしには時間がちょっと……。新しく来た子は鶏に餌をやるときに水を替えなかったり、餌用の骨をちゃんと砕かなかったりするし。でもまあ、あの子も講座を受けたらもっとしっかりするでしょう。問題児というほどひどくはないような気はしているけれど……。はい、はい、お父さんが受けろというのだから、受けましょうね」

「講座を受けたら」ジェーンは石を蹴りながら歩いている。「わたしは学年で一番になれるんでしょ？　ね？　ジョンも？　ジョンは先週、わたしに勝ったけど。どっちも一番になれるんでしょ？」

教区の子どもたちが全員受講すれば、相対的な力は受講前と変わらないだろう。

「そうね、あなたたちがもっとうんとがんばって勉強すればね」

ジェーンはもちろん話題を変えた。

「脳みそ、脳みそ！」ベティはうんざりぎみだ。「ちょっと騒ぎすぎだと思うんだけど。頭が悪くたってかまわないんじゃない？」

もっともな意見であり、チェスター脳務大臣もときに自問しているのではないか。

頭の良し悪しがそんなに問題か？

# 第四章 楽しい楽しい一週間

## 1

こうして知能週間がにぎやかに始まった（小旗の売り子は〝楽しい一週間〟と呼ぶ）。その盛況をたとえるなら、客引きの声がとびかう移動市場、大戦中に戦時国債を販売した戦車、あるいは徴兵制導入前の陸軍省、配給制が始まる前の食糧省――。そして実際は、知力育成講座の受講者を増やす最大かつ最後の強化週間だった。これが成果なしで終わったら、あとは強制受講しかないだろう。だが国民の大半は、どのみち強制的にやらされると踏んでいた。政府なんて、そんなものだろう？　大戦がそれをとくと教えてくれ、大手の新聞の多くが主張していることでもある。そうでない紙誌は、英国に賢さよりも自由を求め、できればその両方を獲得するにはどうしたらよいか、独自の主張をくりかえしていた。

政府は知能週間に全力を注ぎ、プロパガンダの映画は愚者と賢者の運命を描いたものばかり。

大型店舗のすべてに宣伝用のコーナーが設けられ、トラファルガー広場はポスターの花園と化した。さらに脳務省は美術系の職員を総動員し、壁という壁に〝受講前・受講後〟や〝富める者・貧しき者〟の絵を描かせまくった。例を挙げると、立派な毛皮のコートを着た男が継ぎはぎだらけの古着の男に向かってこんなことをいっている――「学校の成績は、いつもきみのほうが上だったよな？　ぼくは知力育成講座を受けてから、ほら、こんなに金持ちになったよ。見たところ、きみの運は傾いているらしい。講座を受けてみたらどうだ？」地下鉄の宣伝ポスターはやや凝っていて、交通事故に遭う危険性で表現していた――「Aは事故を避けることができるでしょう。知力育成講座を受けていたので、行き交う車をしっかり見ています。でもBは、事故を避けることができません。講座を拒んだBは、バスから降りるとき、車道側へ、しかも走ってくる車に背を向けて降りてしまいました。また、Bは飛行バスにも潰されてしまうでしょう。パイロットが彼の愚かな行為に憤慨したからです。Bの死は当然の結果でしかありません」

絵のなかには、ひときわ胸を打つ恋人の姿もある――「ええ、あなたを心から愛しているけど、あなたもわたしもC2だから結婚できないわ（この男女は一見してCランクだとわかるように描かれている）。あなたはアッタマ・ズバヌケさんと結婚しなきゃ。虫歯だらけで細目の人。わたしはズノー・メイセキーさんの妻になるしかないの。髪が香油でべったりの人。だけど、美醜なんてただの上っ面だから。知能はずーっとつづくでしょ。わたしたち、子孫のことも考えなくちゃ」

そして日々、どの新聞にも商魂たくましい宣伝が掲載された。たとえば――「知力育成講座の受講券は、ぜひ鼻高屋で！　ご購入者には千ポンドが当たる、くじ券をさしあげます。抽選日は本日から二週間後、当たり番号を引くのは元首相の夫人です（念のために記しておくと、大戦後に首相は退陣し、代わりに連合理事会が設けられた。ただ、優秀な人間が五人集まったところで、考えることは同じのようだ）。当店で受講券を購入すれば、あなたのために、子孫のために、母国のためになります。おまけに、くじで大金が当たるかもしれない！」

大規模店舗にかぎらず、仕立屋、毛皮屋、宝石屋、雑貨屋なども、広告に「今週の受講券を当店でお買い求めください」の一文を加えている。「賢くなろう」と刻まれた〝脳印〟も販売され、愛国心に富む者たちは手紙の封緘用に買い求めた。

駅の新聞雑誌売り場には〈クイーン〉や〈ジェントルウーマン〉、〈スケッチ〉をはじめ、比較的素朴な女性向けの雑誌が並んでいる。見出しはたとえば、「なぜ女は男より早く老けるのか？」（その答えは、男はたいてい愚かだが、女はもっと愚かな場合が多く、知性を磨く努力をしないから）、「脳の手入れを怠らなければ、肌は自然に美しくなる」「脳がAランクなら、結婚相手の選択肢が増える」「赤ちゃんの知性の磨き方」等など。女性誌にまじり、〈ケンブリッジ・マガジン〉最新号の表紙には「愚者は即刻処理。中高年の大量虐殺。四十歳以上は銃殺」とあり、記事の内容はこうだ――「これまで主張してきたことをあえてくりかえそう。いかなる国であれ、有能な政府、有能な国民を確保する唯一の手段は、中高年を確実に、かつ有無をいわさず処分し、若者の世界にすることである。老体に外交を任せれば、過去、世界各地で見られたようなおぞましい失敗がくりかえされるだけなのだ」〈イヴニング・ニューズ〉紙は毎日、「バカまるだし」という漫画を掲載。かたや〈ニュー・ウィットネス〉は、古き良きキリスト教的愚鈍さが〝なつかしの英国〟をつくったのであり、〝楽しき英国〟はヘブライ人を自滅させた過剰な鋭敏さを嫌った、と主張する。そして〈ヘラルド〉の大見出しは「苦難の始まり」だ。〈チャーチ・タイムズ〉では脳の主日のさまざまな説教が紹介され、その大半がデルマー司祭のような反対意見であることから、国教会の姿勢が読みとれる。これらを除けば、〈ヒドゥン・ハンド〉から〈ホーム・チャット〉に至るまで、程度はさまざまながらも知能週間の理念を支持していた。

当然、脳務省のパンフレットも「知性の獲得と維持のノウハウ」「理性を育てよう」といった具合だ。並ぶ書籍と雑誌のあいだには、「偉大な人物の偉大な言葉」が張られている。著名人の顔と名前、知能向上に関する名言が印刷されたものだ――「平和危機の下、英国人は老若男女を問わず、他者の知恵に依存せずに生きるのが義務である。そのためには己の知恵を育まねばならない」（高名な公使）、「わたしは誰の力も借りず、自分の頭だけでやってきた。そうすることで、わたしはわたしであり得るからだ。そして報道は、自分のためではなく国民のために行なう」（著名ジャーナリスト）、「理性の欠如がヨーロッパを大戦に追い込んだ。誰の理性が欠如していたかは伏せるが、第一次連立内閣以前である。大いなる平和を導き、継続させるのも理性である。誰の理性であるかはやはり、伏せておく」（以前の首相のひとり）、「もっと知性があれば、といつも思っている」（王族のひとり）、「わが国にも、ぜひとも脳務省を設けたい」（リベリアの大使）。さらにシェイクスピアやエマーソン、カーライル、R・J・キャンベル、ヘンリー・ジェイムズ、ウィルソン大統領、マルクス・アウレリウス・アントニヌス、ソロモン、シラ書（「鉛よりも重いもの、その名は愚者。ほかに何があろうか？」）、エラ・ウィーラー・ウィルコックス。締めくくりは、冷たい笑みを浮かべたニコラス・チェスター脳務大臣の言葉だった――「どうしようもなく愚かな世界だ」

## 2

「同感だわ」キティは売店で〈トゥルース〉を買うと、大臣の暗い瞳を見てつぶやいた。「〝愚か〟がいいすぎなら〝浅はか〟ってところかしら」地下鉄のチャリング・クロス駅で下車し、地上のエンバンクメント駅で路面電車に乗る。知能週間が明け、月曜の朝はいつもどおりだ。

脳務省は現実から目をそむけることはできないだろう。知能週間は期待したほどの成果をもたらさなかった。

〈タイムズ〉は政府発行の〈ヒドゥン・ハンド〉に先駆けて論じた——「当初から本紙が主張していたように、政府は強硬な策をとるべきである。国民の自主性に依存するのが政府ではない。国民に寄与する政策は何か、熟考を重ねて決断し、実施するのが政府である。もし異論があれば、ぜひうかがいたい。本紙は知能週間を自主的に支援したが、残念な結果に終わったのは明らかである。今後は強制力を行使すべきであり、政府の早い決断が求められる。われわれは大戦から多くのことを学び、その筆頭は、強制は圧政でも虐政でもないということだ。優柔不断な政府が重い腰をあげて強制力を発揮したら、ただちに従おうじゃないか。そのときが来るのを首を長くして待っていたことを見せつけてやるのだ」。

〈タイムズ〉と同様の主張をぼかして掲載した中小の紙誌は数多く、〈ヘラルド〉は曖昧に、「政府が強制を試みれば、結果はおのずとわかるだろう」とした。

「たぶんそうなるな」ヴァーノンはランチを食べながらキティにいった。ここは地下にある店で、キティによれば、社会的地位の高い人物も出入りするとのこと。キティはふたりがけのソファでくつろぎ、長いまつ毛にも琥珀色の瞳にも緊張はない。淡い薔薇色の照明の下、テーブルのあいだには衝立があり、ウェイトレスはやりの化粧をしていた。キティは遊び心から、ヴァーノンをこの店に連れてきた。彼が選ぶような店ではなく、いまもまるで気むずかしい巡礼者、別世界から来た人間のようだ。キティは親しい知人をいつもと違う光の下でながめるのが好きだった。わけてもヴァーノンは同じ省の先輩、それもきわめて優秀なのだ。いずれ国を代表する政治家になっても不思議はない。

「もしそうなったら――」キティは彼にいった。「従うだけだわ。現状では、強制力を発動するしかないでしょうね。これもある種、軍事独裁と戒厳令下の戦争ってところかしら」

「平和なときでも強制的な教育、つまり義務教育はみんな受けているだろう。ワクチンしかり、納税しかり。自由世界とは名ばかりのことがいくつもある。それに比べたら、今回はたいしたことじゃない。論理的に導かれる当然の結果だからね。じわじわと路線が変わって、国民は気づかないうちに奴隷同然になっていく。どうせ、そんなものだろう？　自由なんて、いまわしいというしかないよ。思うがままに好き勝手にふるまい、いがみあって国に損害を与える。そんな自由に意味があるか？　野生動物じゃあるまいし、人間には必要ないね」

「ええ、わたしもそう思う。でも難点は、完璧な法律なんてそうそうないことよ。知力育成法案が可決されたとしても、知的能力促進法と同じで抜け穴だらけだとわかって、義務の免除申請を担当する部署が必要になるかもしれない。チェスター大臣は頭のいい人だけど、完璧な法律をつくれるほどではないってことね。現実には誰にも無理だろうけど……。そういえば、いつだったか、チェスター大臣の知能ランクの話をしかかったでしょ？　ここはオフィスじゃないから、話しても安全よ」

「ん？　大臣には結婚資格がないと聞いただけだよ。彼は双子なんだが、その妹と、ひとりいる兄のどちらも極端な低知能らしい。彼が家族の知能をひとりじめしたんだろうな」

「きっとそうね。利己的な人だから」

「利己的？」ヴァーノンは首をかしげた。「思弁的な理想主義者、じゃないか？」

「思弁家や理想主義者はきまって利己的よ。ナポレオンやヴィルヘルム二世を見てみろ、と大臣ならいうでしょうね。未来像とか理想像は利己的な産物。本人はそんなものをまとって気分がいいでしょうけど、ほかの人たちはもっとふつうの服を着たがっているわ。それにしても初耳……大臣は無資格なのね……。さあ、そろそろ行きましょうか。わたしはリージェント街に寄ってからオフィスにもどるわ。煙草とパンジーのお誕生日プレゼントを買いたいの」

「ぼくはまっすぐオフィスにもどる。リーズの製造業会の代表が二時半に来るんだよ。従業員の賃金について話したいらしい。工員たちが知的能力促進法を無視して無資格で結婚し、子どもができたときの課税に備えて賃上げ要求のストライキをしているんだ。製造業会の代表は、政府が刃物組合とは合意したらしいと知って、同じことを要求しに来るんだろう。だがぼくとしては、彼らとは距離を置いておきたい」

ヴァーノンは立ち上がり、居心地の悪い店を出ると足早に脳務省へ向かった。キティはリージェント街で買い物をし、オフィスにもどったのは三時十五分――。

## 3

キティは広報部から、もとの減免担当の部署にもどったばかりだった。時間が時間だから、目立たないようにして自分のデスクに向かう。未処理の書類箱は山盛りになっていて、急ぎでないものをよりわけていく。きょうはいつにも増して問い合わせの手紙が多かった。たとえば――「火曜日の国会で、子ども税は家庭を困窮状態にはしないとウィルキンソン議員はいいましたが、現実には……」あの議員のいいそうなことだった。ウィルキンソンは脳務省の政務官だが、不用意な発言はいつも事実と大きくかけはなれて問題になった。一般の国民は彼の言葉をじっくり聞いて、一部だけ抜き取り、省に問い合わせの手紙を送ってくるのだ。キティはこの種の手紙を書類の山のいちばん下にまわした。地元の裁判所で相談してくださいという定型文で返信すればすむからだ。さらにいくつかよりわけてから、脳務《MB》省の別の部署ＭＢ４からまわってきたファイルを開いた。上の二枚は職員の確認書で、三枚めはここ、ＭＢ３宛の「本件の対処を検討されたし」だ。内容は悲しみ悩む親の訴えで、重税を課された息子が生後二時間もたたないうちに、叔母に体を洗われている最中に溺死、それでも納税を要求されているとのこと。キティはＭＢ４のいいかげんさにむっとし、「本部署の担当外」と書いた。しかしいささか無礼だと思いなおして、「内容を確認しましたが、本案件はＭＢＩ１８７の担当と思われます。１８７であれば、徴税は正当であると判断し、とくに対処はしないでしょうが、当部署にはそこまでの権限がありません」とした。丁寧な表現はむずかしいし、多少の皮肉をこめたところで問題なく、気分も晴れる。しかし公務員である以上、表向きは丁寧であるべし。

つぎに海軍本部宛の返信を書いた。ここの兵士は港々に妻ありなので、家族構成が複雑だ。海軍本部から届いた書面には、長官たちは脳務省の（すなわちキティの）通知にたいへん驚いたとある。海軍は驚く能力に長けているようで、帰還するたび、脳務大臣が部下の手で書かせた通知に同様の文書を返し、再検討しろと求めてきた（ちなみに海軍の文書では、たとえ代名詞であれ、自分たちを指す場合はつねに大文字で始める。まるで神さまたちのようだ）。キティは返信を下書きし、あとでヴァーノンにチェックしてもらうことにした。海軍とはことあるごとに角を突き合わせているが、むしろ双方とも、そのほうが充実感を覚えるようだ。

海軍の文書に元気をもらったようで、キティはつぎのファイルを開いた。何枚にもわたる文書で、内容は二名分。表紙に書かれた登録室の説明によると、一名はスティーヴン・ウィリアムズという歯科医の助手、もう一名は青年外交官で匿名、どちらもたいしたことはないとある。そしてふたつの内容は、すばらしく相矛盾するものだった。キティは読み終えてため息をつくと、「この二件に関連性はなく、分けて登録すべきです」と記した。登録室にさしもどすしかないが、キティはいやでも職員たちのことを考えてしまう。彼らをとりまく苦難、耐えるしかない悲しみ、先の見えない人生のさまざまな困惑と衝動——。小人《ノーム》の妖精のごとく地下で働き、投書を読んでは登録し、ファイルにして地上へ送る。思いがけなくそこに身内からの投書があったりもするが、たいていは記録をさがしても見つからず、伝票に〝記録なし〟や〝追跡不能〟と書くことが多い。記録に足が生えてどこかへ逃げてしまうとは思えないのだが。いずれにしても、地下で書類をかきまわすだけの気の重い、日の当たらない毎日を送れば、間違いを犯したところで不思議はない。

キティはつぎのファイルを開いたが、これはMB5の処理案件だろう。自分の知能ランク認定に対する猛抗議だ——「はっきり申し上げますと、わたしはレミントン高校でふたつも賞を獲得し（地理学と朗読）、成績も学年で二度、四位となりました。卒業後は世間的にも申し分のない事務弁護士の職に就き、いまは昇給も検討されています。ところがなんと、地方知能委員会はわたしのランクをC1にしたのです。そこで郡の委員会に問い合わせたところ、今度はC2に落とされてしまった。彼らの田舎くさい感覚と嫉妬がそうさせたのは明白です。どうか、中央知能委員会による特別審査をお願いしたい。Bランクであるのは間違いないのですから。地元のB1、B2の町民はどう見ても鈍感な田舎者で、彼らの知人たちはみな、Bクラスの認定に仰天しています。簡単な暗算すらまともにできない者もいるのですから。そんな人間が、なぜBに？　原因はわからなくもありませんが、わたしも――」

キティが読み終わらないうちに、義足の若者が笑顔でオフィスに入ってきた。一九一四年に片足を失い、終戦までは陸軍省に勤め、現在はMB5の職員だ。彼をたとえるなら、気さくな補給局長[*]といったところだろうか。キティは彼にファイルを見せた。

「べつに驚くほどのことじゃないよ」彼はざっと目をとおしてからいった。「この程度ならいくらでもあり得る。脳務省が知らないとでも思っているのかな。まともにランク付けされているほうが、むしろ驚くよ……。この投書の送り主に、ぼくは地理学でも朗読でも賞をもらったことがないが、ランクはA2だと教えてやろうか。それに暗算も苦手だしね。せいぜいB3がいいところで、ぼくを知っている連中はみんな目を丸くする。ところで、ここに来たのは、今度の牝馬レースのとっておき情報を教えようと思ってね。勝つのはアンポンタンで間違いなし

*――軍需品の輸送、補充、修理などの指揮官。よって、さまざまな分野の現況をよく把握している情報通ということ。

だ。まさか、と思うだろう？　ぜんぜん人気がないからな。だけど信頼できる筋から聞いたんだ、信用していいよ。この情報提供は、ぼくのＭＢ３への好意だと——全員に対してじゃないけどね——思ってくれたらいい。さて、くそ忙しいから、そろそろ部屋にもどろう。

そうだ、そういえば、チェスター大臣の話を聞いたか？　ホイールドン*の真似をした奴がいて、毒を塗った木の棘《とげ》を大臣への〝親展〟で送りつけたんだ。棘入りの箱を開けたのはもちろんジャーヴィス・ブラウンで、あやうく棘が刺さるところだったらしい。大臣はシャーロック・ホームズばりに、その棘がある木は中央アフリカかキュー植物園にある低木だと断定した。たぶん、毒の種類も見当がついていて、自分で舐めるわけにはいかないから、ブラウンに舐めさせて確認したかっただろうな。秘書官がいれば喜んでやったかもしれないが、家族がきっと嘆き悲しむ。とかなんとか、ふたりで話しているうちに、大臣の指が棘に触れてしまったんだ。ブラウンはぎょっとして、大臣に指を吸えといわれたらどうしようとあせったらしいが——見下されているのは彼も承知だよ——なんと大臣はペンナイフで、棘の触れた部分をチーズのごとくえぐりとった。ブラウンの話だと、大臣は顔面蒼白になったものの、大声をあげることもなく、くそっとつぶやいただけらしい。それからブラウンの速記係を呼んで傷の手当てをさせ、薄く笑った。きみも知っているだろう？　真面目な奴をびびらせる、冷たさと悲しみが混じったあの笑みだ。そしてこのペンナイフは洗って自宅に飾るかな、とつぶやいた。大臣の家には、いやな思い出の品々が、ガラスケース入りで飾られているそうだ。

おっと、ずいぶん仕事の邪魔をしたな。ぼくも自分の時間、つまり政府の時間を無駄遣いしてしまった。じゃあ、また！」

「ほんとに陽気な人ね」キティは彼が去ると、隣の同僚にいった。「ごみ箱に咲く蘭の花みたいにまわりを明るくするわ。それにとってもやさしいし。わたしも彼くらいの年齢のときは明るかったんだけど、残念ながら、補給局長的にはなれなかった。補給局はすばらしい部署よね」

キティは煙草の火を消すと、手早く簡潔に五通の返信を仕上げてから、お茶を飲みに食堂へ行った。

## 4

食堂にはチェスター大臣もいた。左腕を包帯で吊り、顔は青白い。キティは眼鏡を指でちょっと上げてから、興味津々でながめた。いつも思うのだが、チェスター大臣の雰囲気はほかの大臣とは一味違っている。白い肌に黒い眉、いかにも賢そうな顔には現実主義と理想主義、陰

*———一九一七年、ロイド・ジョージ首相の暗殺を計画したアリス・ホイールドンのことと思われる。

気と陽気の相反するものがあるようで、とても良い。辛抱強さは生来のものというより克己心の強さゆえで、夢中になることはできても、そうなったらわき目もふらず一直線に突き進むから、あえて距離をとる、と決めているようにも見える。傷を負えば、その部分を切り捨てればすむとおおらかに構える姿は、とても四十歳前とは思えなかった。いま、大臣は丸パンをかじりながら、ヴァーノン・プリドゥに何やら話している。ふたりを比べると、ヴァーノンが頭の冴えた役人、法廷弁護士や気鋭の国会議員ふうなのに対し、チェスター大臣はきらきら輝く落伍者といったところだろうか。いや、それよりも、*シン・フェイン党員やボリシェヴィキに近いかもしれない。ただ彼らと異なる点は、チェスター大臣なら、しくじったりしないということか。たとえ自身は命を絶とうと、革命の運動は実を結ぶ。騒ぐだけ騒いで大失敗する者とは、そこが違うのだ。キティの知り合いにひとり、改革運動をやっては失敗し、をくりかえしている人がいるけれど……。

チェスター大臣には、えもいわれぬ強さ、激しさがあるように思えてならない。

しかし大臣がほほえむと、真っ暗な崖に明かりが灯り、あたりが美しくきらめくようだった。機知に富むのは知っていたが、温かみもあることに、キティは初めて気づいた。温かみという表現が当たっているかはさておき。

大臣は小さいパンをまたひとつ、またひとつ……。ジャム・サンドを食べているキティにふと目をとめたが、気持ちは別のところにあるようだ。

「包帯を巻いたのはわたしなのよ」アイヴィ・デルマーは同僚の速記係にいった。「応急処置はできたからよかったけど、真っ赤な血を見たときは……。大臣のこと、どうしても好きになれないわ。やることが変わっているし、口述がむずかしいから苦労するし。でも、あそこまでやる勇気はすごいと思った……。ご苦労さまやありがとうのひと言もなかったけど、大臣ならきっといわないわね。べつにぜんぜんかまわないけど」

## 5

その日、キティが帰宅すると、差し戻された封書があった。郵便受けがないので床にじかに置かれている。ニール・デズモンドに宛てたもので、数か月に一度ほど、ほかにすることがない日に書いては送った。たとえば法定休日にオフィスへ行って、引き出しの整理をしたり、ニール宛に婚約解消の手紙を書いたり。ただ、引き出しの中はきれいになっても、婚約が解消さ

*——シン・フェイン党は英国からの完全独立を目指すアイルランドの政党。ボリシェヴィキはレーニンが指導した一派で、後のソ連共産党。

れるかどうかは不明だった。手紙が差し戻されてしまうのは、ニールの住所が不定だからだ。一方、ニールからは長々しい、脅迫めいた手紙が届いた。もし警察がキティの手紙を読んだら、キティは取り調べを受けかねないが、ニールは過去、さまざまな容疑で警察の厄介になっているから、恫喝っぽい手紙くらいで逮捕されることはないだろう。キティが彼の封書にある住所に返信しても、すでに立ち退いたあとらしく、手紙は伝書鳩のように帰ってくるだけだ。

現状をいえば、キティとニールは婚約し、キティは婚約を解消できずにいる。改革運動をやっては失敗し、をくりかえしているキティの知り合いがニールだった。

ふたりの出会いは、一九一四年四月のギリシャ。ふりかえれば、あのときの彼がもっとも輝いていたとキティは思う。同年七月、アルスター義勇軍[*1]と戦う準備を進めていたニールは、第一次世界大戦が勃発して失望する。大戦ではさまざまな役割でさまざまな活動をしたものの、英国人の目から見れば、大半が残念な結果で終わったといわざるをえない。主としてロジャー・ケースメント[*2]に従い、彼が逮捕されるぎりぎりまでその下にあった。シン・フェイン党で復活祭《イースター》蜂起に加わり（これも失敗）、その後は行方をくらまして、ふたたび姿を見せたのは一年後のロシア革命下のペトログラードだった。しかし場所はどこであれ、革命があれば姿を見せたにちがいない。これはただの想像だが、ニールはロシアで忙しくも充実した夏と秋を過ごしたのではないか。つかの間とはいえ、魅力的な人びととの交流もあっただろう。たとえばケレンスキー、プロトポポフ（ニールが親しみを感じるとは思えないが）、カレージン、レーニン、トロツキー、ランサム、コルニーロフ――。ニールがコルニーロフに好感を抱くとは考えにくいものの、失敗したとはいえ、改革を目指したことに変わりはない。

一九一八年一月、ありがちなこととはいえ、ニールはロシアにうんざりし、アメリカへ渡った。アイルランド系の人びとと組んで活動したようだが、地元で称賛されるようなものではなかっただろう。その後、腕を発揮できる事態がエクアドルで発生し、数週間ほど同国で活動した後、ふたたびギリシャに行った。いまもおそらくギリシャにいるのではないか。追放された偉大な革命家たちが何人もいる太平洋の島へ行き、もう一度立ち上がれ、と煽っていないかぎりは。

「残る手立てはひとつね」キティは同居している従妹にいった。エルスペスはまだ若く、美しく、平和の到来で仕事を失い、いまは無職だ。「新聞の通信欄に載せるしかないわ。〈タイムズ〉はだめね。彼は絶対読まないから。〈アイルランド・アメリカ・バナー〉あたりかな……。文

＊1――アイルランドの自治法とアイルランド自由国設立に反対した武装集団。

＊2――アイルランドの独立運動家（一八六四～一九一六）。復活祭蜂起の支援で武器を密輸しようとして逮捕され、ロンドンで処刑。

面は『ＫＧからＮＤへ。決別。残念』とか」

「彼と結婚しなきゃ。神さまがお決めになったのよ」パステルカラーとシルバーのガウン姿で、エルスペスがやさしくいった。

「そうね……神さまね」キティは服を着替えはじめた。今夜はパンジーの新作ショーを見にいくのだ。アントニーは彼女の才能が誇らしいから、その才能をエプロンで隠し、家事に専従させる気はさらさらなかった。


レビューはとても楽しかった。パンジーはのびのびして、色香をふりまいたりおどけたりしながら、体の柔らかさを見せつけた。彼女をはじめとして実力者ぞろいで、終幕後、キティはみんなと夕食をともにした。くつろいで、愉快なひと時。それに比べれば、脳務省で過ごす時間はなんともわびしく、むなしい……。

# 第五章　知能関連法キャンペーン

## 1

一般に、法律文は難解で、解説が必要になることが多い。脳務省も、最近可決された知的能力促進法と、議案となっている知力育成法についての解説を余儀なくされた。庶民がすぐに理解できる文章ではないからだが、ひと口に解説といっても、手抜かりがなく慎重にやらなくてはならない。法律文は徹底して理解されることを求めていないので、解説に必要なのは、言葉巧みに言い逃れる技術だ――とキティは思う。また、自分はこの仕事に向いているとも。過去に何度か法律解説をした経験があり、今回はそこを買われて、知能関連法キャンペーンの担当に抜擢されたのだろう。

しゃべりのうまい者たちが地方の町々を訪れて説明会を開くのだが、けっこう厳しい現場になると思われた。

「わたしだったら、説明なんかされなくてもいいんだけど」キティはヴァーノンにいった。「徴兵制関連の法律は、まったく説明されなかったでしょ？　新聞や雑誌が書いたくらいで、つくった側は町の広場で直接国民たちと向き合おうとしなかった」

「もっとやるべきだったな。徴兵免除の説明とかね。形式的な文書ではなく、きみのいうように町の広場で答えていたら、避けられた問題はたくさんあったかもしれない。チェスター大臣は腹を割った話し合いが得意だが……。ところで、大臣はキャンペーンが始まる前に、解説者と個人面談するらしい。適性があるかどうかを確認したいんだろう」

「大臣らしいわね。どんなことでも手を抜かないわ。ほんとにすごい人……」

## 2

ニコラス・チェスター大臣は担当者と個別に会い、キティとは顔見知りだったから、うちとけた調子になった。

「住民をこちらに引き込むんだ」両手をポケットにつっこんで、執務室を歩きながらしゃべる。「役人との間に距離感を感じさせてはならない。むしろ一体感をもたせるように。厳しい現実――知性ほど重要なものはないことに目を向けさせるんだ。愚昧すなわち無力、絶望でしかなく、地面によだれを垂らす動物と変わりない」キティは大臣が身震いしたように思った。「愚かさを嫌悪し、少しでも頭脳明晰になりたいと思わせるんだ。日常生活で多少の我慢をしても知能を向上させなくてはいけない、それが自分と子どもたちのためになるとね。知能は金銭や安楽さより、愛や自由よりも重要である……。いうまでもないが、相手を見てアプローチを変えるんだよ。想像力がある者もいれば、ない者もいる。ない者には、常識で理解できるように語り、常識すら欠如していれば、わが子への愛情に訴える。最低限の常識がある者には、愚昧の行く末に恐怖心を抱かせるといいだろう。愚か者が愚かなままでいると、また戦争になるとかね。あるいは、世間で相手にされなくなるとか、相手の痛いところを突く。だがそれよりもまず、想像力を刺激しろ。きみは人前で話したことがあるはずだが？」

キティは、はい、と答え、大臣はうなずいた。

「よし、いいだろう。きみなら聞き手の雰囲気を感じとり、たまには笑わせることもできる」

キティは執務室をあとにした。大臣の最後の言葉は遠回しの指導？　それとも予言？

## 3

キャンペーンは二、三人を一組とする班で構成された。キティの班は三人で、ほかのふたりはこのためだけに招集された民間人だった。ひとりは大戦中の多大な貢献により受勲した女医、ドクター・クロス。もうひとりは感動的な説教とウィットに富む社会批判で知られる聖職者、スティーヴン・ディクソンだ。彼は自分の思うところを自由に話したいと、何年も前に国教会を出て、労働者向けの新聞に寄稿したり、全国をまわって講演したりしている。チェスター大臣とはケンブリッジ時代からの知り合いで、大臣は彼の新聞記事を読み（愚鈍は世界の大害だとするものが多い）、彼なら知能関連法の推進に貢献できると判断した。

キティたちの班はバッキンガムシャーからスタートすることになった。ジェラーズ・クロスとビーコンズフィールドは寒く、会場はそれぞれ国民学校と教区ホールで、ホールは美しい町にそぐわない派手な緑色だった。つぎにリトル・チャントリーズに行くと天候はよく、教会前の広場で六時に開始。大勢の村人が集まったのは、事前の宣伝がよくなされていたことと、脳務省が発表した知能関連法に不安を覚えたためと思われる。あるいは、この村独自の何かがあるのか。ともあれ、年齢や性別、貧富の差など関係なく、かなりの人数が集まった。見たところ、抱かれている赤ん坊の大半は重税対象のようだが、嬰児の顔つきだけで賢愚は判断できない。

キティの弟アントニーとパンジーも広場に来ていた。かわいい坊やは洗礼を受けて、モンモランシーという名前になった。デルマー司祭夫妻はもちろんいるが、司祭が教会職を放棄したディクソンに良い印象をもっているとは考えにくい。生存と自由を（ほどほどに）主張するのは良いことだが、司祭は国教会でそれを推奨するグループには所属しておらず、ディクソンが望むような新風が吹けば、閉鎖する教会は少なくないだろう。彼について司祭が善意からいえるのは、非常にまじめな人間、ということくらいだ。知能関連法で、いったいどんな話をするのか？　司祭はおちつかない気分で開始を待っていた。場合によっては、村人の不満を彼に告げざるをえないだろう。

夕暮れ時の広場は美しい。灰色の小さな教会前で細い村道が交わり、緑の芝生には母親や子どもたちが腰をおろしている。その前に立って気楽におしゃべりしている女たちは、わざわざロンドンから来る人がつまらない法律について何を話すのか、単純な好奇心から集まったのかもしれない。男たちのなかには、その表情から、意を決してここに来たのがわかる者もいた。

大地主のキャプテン・アンブローズもそのひとりで、彼はこういう過干渉の、社会主義的法律が気に入らなかった。脳務省はアンブローズの借地人たちの家庭に首を突っ込み、みんなの脳みそをひっかきまわそうとしているのだ。誰にでも、選択する権利はあるだろう。自分はばかでいい、ばかな相手と結婚する、ばかな家族をつくるというなら、それでいいではないか。頭の良し悪しなど関係なく、大勢の血が流れてようやく、いまのこの国がある。なのに政府は、知能を上げろだのなんだのと指図しまくる――。キャプテン・アンブローズはやじを飛ばす気で、聴衆の最前列にいた。彼の皮膚はシリアの陽光で焼け、足は不自由だ。軍事訓練中の事故によるもので、機関銃の射手の頭がもっと良ければこんなことにはならなかったかもしれない。

彼の近くにはデルマー司祭夫婦、アントニーとパンジーがいて、パンジーは司祭の奥さんに明るく親しげに、離乳食について話している。ふつうなら、モンモランシーくらいの乳児にはまだ与えないようなものだ。

広場の中央には、悠然とかまえた白髪の女医、クロス医師と、村人の目にはちょっと変人に見える細身のスティーヴン・ディクソン、暑さにいささかげんなりし、鼻眼鏡をいじるキティがいた。ほかには伏せた桶がひとつ、赤ん坊を乗せた乳母車がふたつ。この子たちの母親は村の住人のローズ夫人とディーン夫人だ。クロス医師が午後、赤ん坊のいる家をまわって質問し、ふたりを選んでここに連れてきたのだが、その目的が何なのかは不明だった。

クロス医師が桶の上に立ち、昨年可決された知的能力促進法についてひととおり語る。

「もっと納得がいくように詳しく説明してほしい」キャプテン・アンブローズが声をあげた。

クロス医師は丁寧に解説し、聴衆への印象はとても良い。赤ん坊について詳しいのも当然で、自身がふたりの母親だった。彼女は切実に訴えた――「子どもたちには一度きりの人生でチャンスをつかんでほしい。その権利が子どもたちにはあるはずです」それを聞いて目頭をぬぐう母親もいれば、子どもを抱きしめる母親もいた。そう、わが子にもチャンスをつかむ権利はあるのだ。

クロス医師はつづけた――「子どもたちが生きている証として何らかの賞を獲得するには、知性が欠かせません（デルマー司祭の小学生の娘ジェーンは胸を張った。今学期は絵画で賞状をもらったのだ。この女医さんはそれを知ってるのかな？）。健康でいつづけるのも同じです。知性がなければ、自然が人間に定めた法則に従うことはできないでしょう」

「おれは従ったことなんか一度もないよ」ウィリアム・ウェストンの声がした。「来月には七十五になるけどね、こんなにぴんぴんしてるよ」

知性がなくては健康でいられない？　一部の聴衆は首をかしげた。家族みんな、頭が良くなくたっていいんだけど……。女医はあらかじめ決められたことを話しているだけかもしれない。

クロス医師は、知能の高い子と低い子が大人になって就く職業を概説し、そこには大きな溝がある、その溝は埋められずに遺伝となって後世まで引き継がれるといった。聖書の一節にたとえ、イチジクからアザミが、ブドウからイバラができるでしょうか、と問いかける。すると、さっきのウィリアム・ウェストンが、趣味の園芸でこんな奇妙な経験をしたと語りはじめた。クロス医師も園芸愛好家らしく、熱心に耳を傾けはしたものの、それはただの変種でしょう、とだけいって、その話題は終了。彼女は桶からおりると、乳母車にいるローズ家とディーン家の赤ん坊を左右の手で抱きあげ、聴衆に見えるように少し掲げてからいった。

「認可された子は賞賜され、非認可の子は税金を課されます。ふたりの子の違いを見てください。ローズさんの子は利口で、活発ですね」

「だって、抱かれて揺すられてるんだもん」といったのは、ローズ家を知っている女の子だ。

「みなさん、この賢い小さな頭をよく見てください」クロス医師の言葉に、ローズ夫人は胸を張ってにっこりする。「この子には輝かしい人生が待っていることでしょう。では、こちらの子は？　ゴムのおしゃぶりは不潔で良い習慣とはいえませんが、この子は口にくわえたままだらりとして、まわりを見ようともしない」

「やめて！」その子の母親が人をかきわけて前に出てきた。「二日前から少し調子が悪いだけよ。かわいそうに、お腹が痛いのかもしれない。いますぐ連れて帰るわ。赤ん坊を人前でばかにして、あなた、それでも母親？」

「そういうつもりではありません」クロス医師は配慮に欠けていたことに気づいた。「この子は象徴的な例だということを、その……。もちろん、知力を鍛錬すれば、ほかの子と同じくらいにはなれますよ。非正規の結婚のもとで誕生し、大きなハンディキャップを負った子どもにも可能性はあります。そのための知力育成講座なのですから。この子でも周囲の予想を裏切って知能が向上――」

「結構です！」激怒した母親は、女医の手からわが子を取って乳母車に乗せた。「向上なんてしなくてかまいません。ベッドですやすや眠ってくれればいいんです。それに、非正規の結婚ってどういう意味？　わたしと主人に後ろ暗いところはありませんよ。結婚は認められ、この子が生まれてお金もいただきました。あなた、ふたりの子をごっちゃにしてません？　課税されたのは、かわいそうに、ローズさんの子よ。両親ともにCランクですからね」

「そのとおり！」聴衆のなかから声がした。「課税された頭の悪い子は、そっちの子だよ。つぎは間違わないように！」

大笑いのなか、クロス医師はどぎまぎし、もうひとりの幼児を急いで母親に差し出した。C3ランクの母親は、うつむいてわが子を受けとる。誉められて喜んだら、ディーン夫人が文句をいい、その文句が当たっていることしかわからない。

「失礼しました」クロス医師は謝罪した。「たまにはこういうことも起こります、愚かな間違いと同じように……。はい、次回はもっと気をつけましょう」スティーヴン・ディクソンのほうを見る。「さあ、あなたの番よ」

ディクソンが桶にあがり、民主主義について語りはじめた。国家は民主主義で動かされるべきだが、政府が無知であればそれもかなわない。

「結婚の決まりがごちゃごちゃあったら――」塗装工が前に進み出ていった。そばには司祭館の家政婦ネリーがいて、ふたりが結婚すれば課税で生活に窮するといわれている。「おれたちに国を動かすことなんかできっこない」
ディクソンは彼に、未来に目を向けなさい、子どもたちのことを考えなさいといった。塗装工はネリーと結婚して生まれてくる子を想像したが、なかば諦めの境地でしかない。どのみち飢えて死んでしまうのだ。

とはいえ、民主主義に関するディクソンの演説はおおむね好評だった。労働者を相手に話すときのコツは心得ているからだ。一方、地主たちには不評で、キャプテン・アンブローズは憤るほどだった。ディクソンがいくら民主主義について語ろうと、現実は社会主義と変わりなく、この国は腐りかけていると思う。

デルマー司祭があえて声をあげた――国民の私生活、家族の生活はどこからも干渉されるべきではないと思うが。

「そう思う理由は？」ディクソンの問いに、司祭は即答できなかった。「ほかのあらゆるものが干渉されているいま、われわれは知能の進歩にだって干渉しますよ。すればするほど、野蛮人から遠ざかっていけるのですから」

司祭はとまどい、頭に浮かんだことをつい口走ってしまった。

「愛は自由であるべきだ」

大きな歓声があがった。

「自由恋愛など――」ディクソンはすぐさまいった。「教会であれ社会であれ、まともな人間ならけっして勧めませんよ」

司祭の頬が紅潮した。うっかりきわどいことを口にしてしまい、すぐそばにはパンジー・ポンソンビーがいる。

「愛も、ほかのものと変わりないでしょう」ディクソンはつづけた。「規律をもって、最高の使い道を考えなくてはならない。でなければ、野獣と同じです」

「あの人、すっごく怖いわ」パンジーがほほえみながら、大きな声をあげた。

デルマー司祭は、やや表情を険しくしていった。

「誤解しないでください。わたしは倫理に反する愛を推奨してはいません。愛は愛よりも重要でないもの――たとえば知力育成などの法律に縛られるべきではないといいたかっただけです」

「頭脳を磨くのは重要ではないと?」

「三つのうち、もっとも大いなるものは――」司祭は返答に窮し、聖書を引用しようとした。

「はい、愛ですね?」と、ディクソン。「しかし、パウロのいう三つとは信仰と愛と希望であり、知性は含まれていません。信仰を深めるには知性が重要であることを知っていたからでしょう。それにパウロは、結婚を勧めていないのでは? 情欲ではなく、確かな原則に基づく結婚なら、おそらくパウロも認めたでしょうが」ディクソンの目が輝き、うっとりしてきた。おそらく、お気に入りのテーマなのだろう。「そして自由とは、いったい何か？　お願いですから――」急いで付け加える。「自分の道は自分で決めること、などといわないでくださいよ。以前、そんな答えを聞いたことがありますが、わたしはちょっと違うと思います。たしかに、自己決定は良いことでしょう。しかし、もし人間が真に自由であれば、それは不条理であり醜怪です。自分のやりたいようにやることを思いとどまらせるものが、内にも外にもひとつもないわけですからね。自然の法則も無視、倫理も無視。国や教会、社会の法もあってなきがごとし……」

ディクソンの背後にいるキティとクロス医師の目が合った。

「これはちょっと……」キティがささやいた。「彼を止めましょう」

キティは二度、咳ばらいをした。事前の打ち合わせで、話が脇道にそれていると感じたときの合図だ。

ディクソンはふっと我に返ったようになり、知力育成法案について語りはじめた。国民にどんな益があるかをおおまかに説明し、詳しいことはこの後、脳務省のグラモントさんが解説する、みなさんの質問には彼女が答えてくれる、といって締めくくった。

ここが正念場だ。キティは気をひきしめて桶にあがった。知能関連法に反感をもつ聴衆を納得させなくてはいけない。

キティはまず概要を説明しながら、法文は役所の外、緑の芝生の上では力強さをなくしてしまうのを実感した。これは政治家も役人も忘れてはならない厳然たる事実といえる。地方では残念ながら、拒否感からくる無関心とうんざり感が漂うことが多かった。田舎はほんとうに愚かで視野が狭く、自分には不快なものがなぜ公共福祉に必要なのかを考えようとはしない。どうせなら、北の工業都市を担当したかったとキティは思う。聴衆の反応は過激でも、理解度ははるかに高い。

とにもかくにも、知力育成法案の明るい面を強調した。育成講座の受講によって生じる時間的、経済的損失に対する補償と免税に関する条項だ。ところが免除審査に触れたとたん、不満の声があふれた。

「げんなりだよ」と、男の声。「そこらへんをうろついてる、結婚法を免除された奴らを見てみろよ。もっとまともな男や女が法律に従っているのにさ。戦時中の兵役免除の審査もひどかったが、今度もあれとおんなじだ。もう、そんなもんはいらねえよ」

キャプテン・アンブローズは居心地が悪かった。不承不承ながら、免除審理局地方支部の委員長を引き受けたのだ。そわそわ、いらいらと、杖で地面を叩きながらキティの話を聞く。

「おっしゃるとおりだと思います。ですが、法律を免除されるべき人がいるかぎり、審理局は必要ですし、それは地方支部が行ないますので。現場を知らない中央当局が個別のケースを審査することはできませんからね。法に基づいて、免除を与えられるかどうかを公平に判断できる者が審査に当たります」

キティは免除の根拠を挙げていった。たとえば、知力育成講座の効果を得られる最低ラインに満たない低知能者は免除されるのだが、聴衆の一部はこの例に顔を輝かせた。たぶん、自分は免除されると思ったのだろう。ほかには、重度の精神的障害や認知症、鬱病、急性慢性を問わない妄想や強迫神経症、昏睡症状……。

ディクソンが二度、咳ばらいした。専門的な用語に加え、重苦しい空気になったからだ。キティはすぐに明るい調子で、免除のさまざまな例をざっと語った。そしてチェスター大臣の言葉を頭の隅に置きながら、知能向上後の人生がどのように変わるかを活き活きと描いてみせる。閉めきった暗い部屋のドアが開いて、チャンスが吹き込んでくる日々――。何もかもが楽しく、可能性に満ちている。仕事はうまくいき、経済的にも豊かになって、世の中は平和そのもの。愚かなままでいれば、またあのような悲惨な戦争に突き進む可能性は大きい……。

キティの視線が無意識にアントニーのほうへ流れた。弟の顔にはゆがんだ笑みが浮かび、キティの語りから力強さが消えていく。グラモントの家族が目を合わせるのは、けっして明るい気分からではなく、共有している記憶や経験がじゃじゃ馬のごとく割り込んで、彼らを蹴りまくるときだった。

「何か質問があれば、どうぞ」キティはそういうと、桶からおりた。

しばしの静寂後、講座ではどんなことを教わるのか、という質問が飛んだ。

コースがいくつもあります――と、キティは答えた――その人に何が必要かによってコース分けされるのですが、大筋は、本来備わっている才能を最大限に活用する方法を学び、聖書でいわれるその人の〝身分〟にふさわしい状態になることです。

質問した若い鍛冶職人はつづけて訊いた。

「講座の教師は、おれたちにふさわしい身分を知っているのか？」

キティは丁寧に説明した――もちろん、正確にはわかりませんが、受講者の頭脳は研ぎ澄まされ、どのような仕事でも、以前よりうまくとりくめるようになります。ただ、おおよその経歴については書類に記入していただきます。

後ろのほうにいた疲れた顔の女性がいった。

「とてもいい話だと思いますよ、男の人にはね。好きに時間を使えるんだから。だけど女は家の掃除をして、子どものごはんをつくって、子どもを寝かせて後片づけをして、洗濯したりアイロンがけしたり。頭を良くする時間なんてないですよ」

これにはクロス医師が答えた。受講さえすれば、その後の家事は半分の時間ですむようになる。

「それは知っていますよ」と、疲れた女性。「本を読んだりして頭を良くした娘たちは家事もてきぱきやるから、親は喜んでいますよ。けどね、知能の向上とかは、そんなことをやる暇がある男たちに任せればいいんで、女はたいてい、朝から晩まで忙しいんですよ。女でも、暇な時間があるなら行けばいいけど」

「いいぞ!」「そのとおり!」男たちの声が飛ぶ。

地方はいまだにドイツや東方と変わりない、とクロス医師はつねづね思っていた。大戦が終わると、多くの女性がいやおうなく家族の稼ぎ頭となり、参政権もほぼ男女平等だというのに。ディクソンは、不当な男女差別もお気に入りのテーマだったから過激な見解を述べ、少なくともキリスト教世界では男も女もないといいきった。これに女性の聴衆の何人かがしかめっ面をしたのは、キリスト教世界は現実世界と違うと思ったからかもしれない。というのも、そろそろ家に帰り、夕飯の支度をしなくてはいけないからで、母親たちは子どもの手をひいて、広場から去りはじめた。歩きながら、あれこれ楽しい無駄話をする。知能向上を話題にしても詮なきこと。自分たちがいくら話したところで、何ひとつ変わりはしないのだから。

## 4

あたりは暗くなりはじめ、男たちも広場から道端へ行き、夕食までの時間つぶしに立ち話をした。デルマー司祭とキャプテン・アンブローズは残り、アントニーとパンジーはキティのそばへ行く。

「お疲れさま」パンジーはキティにいった。「でも、お仲間の牧師さんにはがっかりしたわ。愛にも規律がいるとか、野獣と同じだとか。だけど、司祭はやさしかったわね。愛は自由だなんて、本音じゃないとは思うけど。アントニーとわたしのためにいってくれたのかしら。あの怖い牧師さん、今夜はエンド・ハウスに泊まるのよね……。熱々の人だから、シーツが燃えちゃうかも。ここで紹介してもらうのは無理みたいね？」

いまディクソンはクロス医師ともども、デルマー司祭と話していた。司祭は名うてのディクソンにひるむことなく、自分の考えを堂々と主張し、キャプテン・アンブローズが司祭に加勢する。

「あの調子だと徹夜になりそうね」キティはこれまで一緒に過ごして、ディクソンと女医のことはよくわかっている。「わたしたちは帰りましょうよ。アントニーに任せておけば、様子を見て連れてきてくれるわ」

講師は通常、村の宿に泊まるのだが、今夜はエンド・ハウスが招待したのだ。

キティとパンジーが歩いていると、意外に早く、アントニーたち三人が追いついてきた。

パンジーはディクソンににっこりし、いやに愛想よくいった。

「さっきキティにいったんですけどね、自由恋愛についてのディクソンさんのお話には気分が悪くなりました」

「それは申し訳ない。しかし、自由恋愛をもちだしたのは司祭で、わたしは規律のある愛について述べただけです。自由恋愛なんて、とんでもないと考えているので」

「やっぱりね。だからわたしは気分が悪くなったんでしょう。でも、あなたのおっしゃるとおりかもしれません。いろんなことがこんがらがって、自由恋愛はそりゃもうたいへんですから。だけどそれでも、エンド・ハウスにお泊まりになるのかしら？」顔をちょっとそむけ、いかにも女優らしく横目で彼を見る。

ディクソンはとまどった。「それはどういう……」

「おいやかもしれないと思ったので。わたしとアントニーは自由恋愛主義ですから」彼の困惑した顔を見つめたままいう。「キティったら、そのことをディクソンさんに話さなかったの？」

「え、ええ……。まったく頭に浮かばなかったわ」キティは口ごもり、ディクソンとクロス医師に向きなおった。「パンジーには夫がいるので、彼女と弟は内縁の関係なんです。できるなら、正式に結婚したいでしょうが」

「ええ、ずっとずっと、そう思ってきたわ」おちついた口調にも切なさがのぞく。「正規の夫婦のほうがいいに決まっているもの。でしょ、ディクソンさん？　いまだって、できればそうなりたいわ」

パンジーはアントニーのほうをふりむいたが、彼は何歩も先を歩いていた。事前に伝えておかなかったキティに怒り、いまここまで話すパンジーに怒り、説明なしには理解できないディクソンに怒っている。

「おふたりには――」パンジーはディクソンとクロス医師に改まった口調でいった。「非正規でも夫婦であることに違いはないのをわかっていただければと思います」

「もちろん、わかりますよ」と、クロス医師。「当然でしょう?」気楽なひとときであるはずなのに、ここまで私的な話を聞かされて少しいらついている。個人的な問題で、場の空気を気まずくするのはいかがなものか。

そしてディクソンは立ち止まり、パンジーとキティの顔を正面から見た。

「申しわけないが、わたしにはわからない。ご招待いただいたことには心から感謝している。しかし非礼を承知で、わたしは宿に泊まらせてもらう」

パンジーはまばたきもせずディクソンを見つめ、白い頬にうっすらと赤みがさした。男に拒まれることなど、めったにないのだ。

「じつに心苦しいが」ディクソンの頬も赤くなった。「あなたのお宅に泊まれば、黙認すべきではないことを黙認したことになる。堅苦しい奴だと思われるだろうが。しかし……。アントニーにもどうか、わたしの謝罪を伝えてほしい」キティは当惑しつつも、なすすべがない。「無礼きわまりないのは承知している。ほんとうに申し訳ない」ディクソンはためらいがちに片手を差し出し、パンジーはやさしく握った。彼女は恨みがましい人間ではない。

「かまいませんよ、ディクソンさん。受け入れられなければ仕方ありませんし、いつかはわかっていただけると思っています。あなたと同じ考えの人はたくさんいますもの。それでは、また。ゆっくりお休みください」

## 5

キティはディクソンの後ろ姿を見ながら、小さく口笛を鳴らした。

「ごめんなさいね、パンジー。あらかじめ、あなたたちのことを彼に話しておくべきだったわ。わたしがミス・ポンソンビーって呼んだことに彼は気づかなかったか、赤ん坊の世話係と思ったか。それにしても、まさかあそこまで拒むなんて驚いたわ。まあ、彼にかぎらず、聖職にある人たちは不可解だけど」

「でも、ちょっと安心したわ」と、パンジー。「あの人、すごく怖いから」

「ディクソンは不思議な人で――」クロス医師がいった。「どんなときにどんな態度をとるかがまったく見えないんですよ。スラム街の犯罪者の家でゆっくりお茶を飲んだかと思えば――

マルコが伝えるイエスみたいにね——犯罪者同然とはいえ、搾取工場の経営者に長々と説教したり。場所の広さや快適さによって違うとしたら、知的な人にしてはあまりに非論理的でしょう？　正直なところ、わたしも彼に我慢しかねるときがあって……。彼には彼なりの断固とした決意のようなものがあるのでしょうけど」

エンド・ハウスに到着すると、門の前でアントニーが待っていた。

「ディクソンさんは来ないわよ」パンジーがいった。「わたしたちの関係を認めたくないって。だから今夜は宿に泊まるらしいわ。宿の主人も二重生活を送っている、それもわたしたちよりひどい生活よっていいかけたんだけど、かわいそうな気がしてよしたの。それを知ったらあの人、野宿するしかないものね」

「べつに、来なくたってかまわないよ」アントニーは不機嫌だ。「ただ、パンジー、これからは親しくもない人間に内輪の事情を気楽に話すんじゃないよ。いくらうちに泊まることになってもね。単純なことだ。気まずい空気をつくるだけなんだから。きみは内気じゃないが、ぼくは内気だ。それを忘れてもらっては困る」

「ごめんなさい……。きょうはいろんなことが詳しく説明されたから、ついついわたしまで……」キティとクロス医師をふりむく。「おふたりはもっとむずかしい解説をしなきゃいけないのにね。自由恋愛の説明は、法律が決める結婚の説明より時間をかけるしかないかも」

「でも全体として」クロス医師は話題を変えるきっかけができてほっとした。「きょうの説明会は合格点だったでしょう。あなたはどう思う、ミス・グラモント？」

「ええ」と、キティ。「予想以上に。もっと荒れるような気がしていたので。わたしが聴衆だったら、きっとそうなったでしょう」

## 6

実際、その後の説明会では険悪なムードになることもあった。それでも全体としては、クロス医師のいうように合格点だっただろう。

「国民がどう受け止めるかは五分五分といったところかな」キャンペーンが終了するとディクソンがいった。「たとえ気に入らなくても、意識が高まって受け入れる可能性はある。あとは今後の流れ次第で、その流れを決めるのは政府だ。かなり頼りない政府だが、チェスターは目端がきくからね、脳務大臣としてなんとかやりぬくだろう、たぶん。ともかく、確約しないことだな。国がいくら確約したって、状況によっては守りぬけないことくらい、国民は百も承知だが、いざそうなったら大騒ぎする。そしてもうひとつ。金持ちにはいいお手本になってもらい、金をばらまいて遊ぶのは控えてもらうべきだろう。貧乏人はやりたくたってやれないんだから、我慢は同じだ。場合によっては、革命すら起きかねない。革命なんて、どのみちいずれは起きるだろうけどね。しかし反発を招くこともあるから、かならずしも革命が有効とは限らない。脳務省のみなさんは、くれぐれも用心したほうがいい」

一週間後、知力育成法案は可決された。忍耐強いが何をするかわからない国民がこの法律を受け入れるかどうかは五分五分の賭けだったが、結果は問題なしで、反対運動も起きずにすんだ。識者のあいだでは、チェスター大臣のなんとも不思議な独特の影響力に負うところが大きいといわれている。出版界やミュージック・ホール、映画界の実力者のような影響力で、この国の大臣にしては珍しい。ディクソンがいうように、ニコラス・チェスターはくれぐれも用心したほうがよいだろう――。

# 第六章　素朴な感情の高まり

## 1

全国キャンペーンが終了してからしばらくたち、キティはかつてないほど熱い思いで仕事をこなした。いつもの業務に新たなスパイス――冒険とロマンスの風味が加わったのだ。人と知り合い、その人のことをよく知るようになってから漂いはじめる風味。

キティはチェスター大臣と親しくなった。八月が終わるころ、週末を同じ別荘で過ごす機会があったのだ。四人グループで、ほかには別荘の主人夫婦だけだったから、和気あいあいと楽しく過ごせた。妻のほうはキティのケンブリッジ時代の友人で、夫は外務省の高官だ。彼はいかにも優秀で傲慢、かつ保守的な人に見えるものの、これは最近の外務官僚やほかの一部の高官に共通している。そのふてぶてしい態度はまるでこういっているようだ――「いいだろう、たしかにわれわれは二世紀以上にわたって国を混乱させてきた。きみたちがわれわれを追い出したがっているのも十分承知だ。ならばひとつ、おうかがいしたい。きみたちなら、われわれよりもっと良い仕事ができたのか？　いずれにしても、追い出されるまでここにいつづける」

キティは脳務省の役人も、遅かれ早かれ似たような態度をとるようになると思った。よほど血の巡りが悪く単純でないかぎり、脳務省含め、あらゆる部署の官僚がいずれはそうなるにちがいない。おそらくオランダ侵略戦争時の賢人会議のメンバーや、一六四一年に処刑された初代ストラフォード伯爵、『出エジプト記』のファラオの賢者たち、外務大臣になる前のロシアのミリュコーフ、大戦中のロイド・ジョージもそうだっただろう。

ただしニコラス・チェスターは、いまのところまだそうではなかった。

## 2

いま別荘にいる者のうち、仕事上のつながりがあるのはキティとニコラス・チェスターだけだった。部屋は違えど、同じ目的の仕事に腕をふるう有能な上司と有能な部下だ（無能な役人については、いちいちここで記すまでもない）。

しかし夕食後、チェスターはキティのそばにいても、公務の話はいっさいしなかった。ふたりは公式の上下関係を離れ、男や女も意識せず、ほかの者たちと交じりあっておしゃべりした。

何週間か前には胎芽でしかなかった関係が、急成長して一人前になったとでもいえばいいか。役所の壁が消え、血の通う活き活きとした一個の人間対人間として語り合う。キティはそれがうれしく、愉快ですらあった。

あくる朝、ニコラスはキティを散歩に誘い、ふたりの新たな関係は春の花々のごとく咲きそめた。ふたりきりなので、仕事の話を避けることもない。脳務省のこと、可決された新法のこと、同様の政策をとるほかの国々についてなど、思いつくまま意見をかわす。また、ロシアの政治も話題になったが、動静を注視している者でなければ理解するのは困難だろう。注視している者でさえ、理解に苦しむことが多い。

ほかには国立劇場の設立案、飼っている動物たち、閣僚メンバー、絵画、詩、ポテト・プディング……。散歩しながらの他愛もない話ばかりだ。

噂話もし、キティは脳務省で広まっている大臣関連の笑える話を教え、ニコラスは脳務省の創設以前の経験を語った。国内の知力関連情報の収集を目的に、釣り人の振りをしてデヴォンシャーの漁村に、またユダヤ人の振りをしてハックニー・ウィックに一時滞在したことがあるという。そしてどちらの地でも、彼のほうが地元住民より優れていたが、ハックニーのユダヤ人にだけは負けを認めるしかなかったらしい。その結果、聖地にまだ強制送還されていないユダヤ人は現在、知的能力促進法と知力育成法案を免除されている（現状以上に賢くなってはむ

郵便はがき

料金受取人払郵便

麹町支店承認

9781

差出有効期間
2022年10月
14日まで

切手を貼らずに
お出しください

102-8790

102

［受取人］
東京都千代田区
飯田橋２—７—４
株式会社 作品社
営業部読者係 行

## 【書籍ご購入お申し込み欄】

お問い合わせ 作品社営業部
TEL 03(3262)9753／FAX 03(3262)97

小社へ直接ご注文の場合は、このはがきでお申し込み下さい。宅急便でご自宅までお届けいたしま
送料は冊数に関係なく500円（ただしご購入の金額が2500円以上の場合は無料）、手数料は一律30
です。お申し込みから一週間前後で宅配いたします。書籍代金（税込）、送料、手数料は、お届け
お支払い下さい。

| | | |
|---|---|---|
| 書名 | 定価 | 円 |
| 書名 | 定価 | 円 |
| 書名 | 定価 | 円 |
| お名前 | TEL　（　　） | |
| ご住所 〒 | | |

フリガナ
お名前

男・女　　　歳

ご住所
〒

Eメール
アドレス

ご職業

ご購入図書名

●本書をお求めになった書店名

●ご購読の新聞・雑誌名

●本書を何でお知りになりましたか。

イ　店頭で

ロ　友人・知人の推薦

ハ　広告をみて（　　　）

ニ　書評・紹介記事をみて（　　　）

ホ　その他（　　　）

●本書についてのご感想をお聞かせください。

購入ありがとうございました。このカードによる皆様のご意見は、今後の出版の貴重な資
として生かしていきたいと存じます。また、ご記入いただいたご住所、Eメールアドレス
、小社の出版物のご案内をさしあげることがあります。上記以外の目的で、お客様の個人
報を使用することはありません。

しろ気の毒だ）。

ニコラスとキティの会話は、平均的知能の人間が散歩中にかわすものとさして変わりなく、そうなった要因はニコラスの側にあるだろう。ふだんの彼はその気にならないかぎり口を開かないのに、今朝はいやに饒舌なのだ。話すのが楽しいらしく、キティの話を聞くときも、鋭い小さな目を輝かせ、頬も口元もゆるんでいる。

そして昼食でも、親睦の度は深まる一方――。

お茶の時間の後は、深化がますます加速した。木のベンチに並んですわり、小さいころの思い出話にふける。ただニコラスは、会話が暗いムードになるのを避けたのだろう、知能の劣る身内には触れようとしなかった。

夕食後、ふたりは〝おやすみなさい〟をいい、ニコラスはキティの手をほんの少し長めに握ると、木曜日に一緒に食事でも、と誘った。

キティはそのときの彼の表情にもやもやしながら寝室に向かった。ひょっとすると、新しい三つめのつながりが生まれるかもしれないと思う。仕事上の関係ではなく、その延長線上の親しさでもない、もっと素朴で自然な感情の結びつき……。彼はおそらく気づいていないだろう。ニコラス・チェスターという人は、複雑でむずかしいことばかりに気持ちが向いて、心のなかに湧いてくる素朴な感情など、ほとんど興味がないはずだ。激しい恋におちてはじめて、愛というものに気づくのではないか。キティのほうはごくふつうに、自分の心の動きを感じるし、実際、過去にそういうこともあった。深度がじわじわ増していくのだ——一緒にいると楽しい、もっと知りたい、いつもその人のことばかり考える。深まり方はじわじわのほうがいい。深化の過程で得るものが多く、自分も相手も心構えができないままいきなり深みにはまることがない。

寝室に入るなり、足が止まった。眼鏡をかけるまでもなく、もやもやしたものが可能性をもってはっきり見えたのだ。まばたきし、思わず声が漏れた。

「ああ、神さま」キティはジェーン・オースティンやファニー・バーニーが描く女性のように〝神〟を乱用することがある。

「ああ、神さま、どうしましょう。彼はわたしのことを思ってくれているみたい」ところがたちまち疑問だらけになる。「あってもいいこと？　いけないことじゃない？　大臣が女職員に惹かれるなんてことが？　彼は無資格で、わたしと結婚する可能性がないから、そんなふうに見せかけているだけ？」

鏡に映る自分を見つめながら服のボタンをはずし、尋常でないことが起こり得るかどうかを考える。

やっぱり、それはないだろう。

あるとすれば……ただの気まぐれ。しかし気まぐれのせいで、人生を棒に振ったらどうする？少なくともキティは、そこまで軽はずみなことはしない。以前、ギリシャのテルモピュライのならず者に、ヴェルーキの岩山にある家をおまえにだけ見せてやる、と誘われて、都会からまる二日かけて出かけたことはある。イスラムの修行僧の主賓として、週末を中東のヨズガトで過ごしたことも。ドイツの〝黒い森〟をひとりきりで歩いたときは、さすがに護身用のステッキと帽子の長いピンを持ったけれど。それから……ニール・デズモンドとの婚約。

知恵を絞れば何事も乗り切れる、後ろ向きになってはいけないと考えるたちだから、ときに自分を苦しい状況に追い込むこともあった。しかしこれまでの人生で、抜け出すことのできなかった苦境はただひとつ、ニールとの婚約だった。いくら努力を重ねても結果が得られず、立往生するだけなのだ。拒否されるならまだしも、こちらの思いが伝わっているかどうかさえ、はっきりしない。

婚約解消できれば、これからの人生でまた……。いいや、そんなにうまくはいかないだろう。「大臣になるような人は」独り言をつぶやく。自分を見つめるニコラス・チェスターのやさしく知的な笑顔がよみがえった。「冷静で厳しいし、自尊心も半端じゃないもの。部下をもてあそぶことはあっても、本気にはならない。そう、あくまで遊びよ。浮かれちゃだめ。笑ってほしいときに笑ってくれたくらいで、その気になってはだめ。彼以上に惹かれる男性がいないからって、話が合うからって。二回散歩して、手を握られて見つめられても。その程度で浮かれるようじゃ、髪をじっと見られただけで、このヘアスタイルが気に入ったのね、キスしたいんだわ、わたしと結婚したいのね、と思い込む女たちと変わらない」

## 3

「なんだか楽しそうね、キティ」ケンブリッジのアクセントで訊いたのは、別荘の持ち主の妻でキティの長年の友人、アンだ。寝る前で、髪を肩まで垂らしている。

「べつに何も……」キティは口ごもった。「つまらないことを考えていただけ。学生時代からそうだったでしょ？」

「ええ、そうね」

## 4

ここからは、人間の基本的な感情の発達と高まりについて記したい。といっても、小難しいことは省いて進める。

感情は発達し、高まっていく。それを示す場面を時系列で紹介しよう。

九月二日（木曜）。週末を別荘で過ごした翌週、キティ・グラモントとニコラス・チェスターは脳務省のプロパガンダ映画《成功の秘訣》を鑑賞した。広報部の有能な職員が考案し、公費で製作した作品だ。政府はこのところ、映画や演劇、出版物をさかんに利用していた。すでに存在する道具を使わない手はないからで、ニコラスは苦笑するのみ、意見はいわない。道具のなかでも目玉は、映画愛好者の長年の夢がかなった新設の公立劇場と、日刊紙〈ヒドゥン・ハンド〉だ。もちろん、民間の映画や演劇にも、背後に国の影がある。

《成功の秘訣》は、青年ふたりのどろどろしたエピソードを描いたものだった。ふたりの違いはよくあるような善と悪ではなく、頭が良いか悪いかで、良いほうは栄光に包まれて勝利し、悪いほうは恥辱にまみれて敗北するのだ。

知的な青年は埋もれていた原石に目をつけると華々しいものに仕上げ、先行きのない暗い下層から飛び出して時の人となり、名誉と地位を獲得、最後には裕福で純粋な娘の愛を勝ちとった。その娘は、上流階級の頭の悪い男との婚約を破棄。頭の悪い男は恋敵の知的な青年と出会うたびに無能をさらけだし、最終的には救いようのない無能さゆえに、みずから名誉を傷つける状況に陥って刑務所行きとなった。

知的な青年は花嫁と腕を組んで刑務所を訪ね、憐れむように首を振り、頭の悪い男にいった。

「知力育成講座のおかげで、わたしはあなたに代わっていま、こうしている」

スクリーンにふたりの顔が大写しになって映画は終了。知的な青年の瞳はミケランジェロのような凜々しい眉の下で天空の色に輝き、かたや愚かな男はうつろな目をして、ウサギのような口をぽかんとあけていた。

《コアラの習性》と《義母はこうして家に来た》を足して二で割ったような映画だった。ニコラスとキティは劇場を出ると、川沿いのエンバンクメント通りを歩いた。

美しい月夜で空襲もなく、不思議なほど穏やかだ。どこかで銃声が――。ふたりは無意識のうちに耳をそばだてたが、聞こえてくるのは地上や空を行き交うバスと車の音だけだった。

## 5

「この国は何から何まで堕落している」ニコラスがいった。「文学、美術、出版、演劇はもちろん、教会までね。だが過激派も、さすがに映画まで堕落したとはいえないだろう。すごい国民だよ、ほんとに」

「わたしはレビューがすたれずにつづいてくれれば、ほかはどうでもいいわ」と、キティ。「レビューはこの国の希望だもの。語り、音楽、歌、踊り、演技、すべての表現形式が入っているのはレビューだけでしょう？　レビュー以上に表現力のあるものはないし、もっともっと進化していくと思う。下らなさや下品さがずいぶん減って、今年のショーは一皮むけたみたい。人生を活き活きとしたかたちで見せようとしているの。レビューだけは自由奔放にやってもらいたいわ。ときどきね、仕事を放り投げて、レビューのコーラスのメンバーになれたらどんなにいいかって思うことがあるの。祖国のために仕事をしているんだって感じたい。いまやっているような、価値はあるけどいびつな仕事じゃなくて、もっと現実に向き合った……」

キティはときおり忘れてしまう。話している相手が、価値はあるけどいびつな仕事をつくりだしている大臣であることを。

「きみは脳務省を辞めることはできない。代わりになる人材がいない」

いきなり強い口調で断定されて、キティはむっとした。いいえ、いつでも好きなときに辞めていいはずよ、といいかけて、彼の険しい表情に怖じ気づき、もぐもぐといった。

「徴用制は、まだ軍隊だけでしょ」

ニコラスは唇を堅く結んだ。何かいいかけて、のみこんだのだろう。そして短い沈黙の後、こういった。

「残念ながら、いずれほかの業種にもおよぶだろう、ほぼ確実に」

ふたりは徴用制について語りながら帰路についた。

キティは彼が唇を引き結び、沈黙したときの表情が頭から離れなかった。まるで何かを怖がっているような、ゆがんだ顔……。

## 6

キティはなかなか寝つけなかった。気がかりな人がいると眠れないのは誰にでもあることで、キティもけっして例外ではない。しかし今夜はとくにひどく、遅くまで本を読み、ベッドに横になっても暗い天井を見つめてあれこれ考え、起き上がって電気をつけ、また本を読む。生々しい現実から距離をおき、気持ちを鎮めてくれるアリストパネスとかラシーヌ、バーナード・ショーの作品だ。それでなんとか熱気むんむんのまぶしい舞台から背景幕に隠れ、眠りにつくことができた。と、その直後、目覚めの時刻になり、ほとんど眠れないまま新たな一日を迎えた。

そんな朝、ニール・デズモンドからの手紙が届いた。外国製の薄い封筒には、彼らしい繊細な、几帳面な文字が並んでいる。太平洋の島からで、彼はここに流刑となった政治犯向けの新聞〈自由〉を創刊し（太平洋の島々は検閲が甘いのだろう。ブリテン諸島では、こういう名前の新聞は認可されない）、キティにも記者として島に来てほしいと記してあった。

この日、キティは昼休みに外出せず、オフィスでサンドイッチを食べながら婚約解消の手紙を書いた。ニールに一通も届いていないなら、届くまで書きつづけなくてはいけない。居場所が定まらないのは、彼に力がないからだろう。何をやっても長続きせず、各地を転々として、新しいことを始めるしかないのだ。

力――。力はこのうえなく重要だ。まずは脳力でやるべきことを考え、つぎに実行力でそれを遂行する。二、三十年後には、国民全体が両方の力にあふれ、問題も着実に処理されていくだろう。では、その先は？　キティは推測し、いやな予感に襲われた。おかしなことが起きなければよいけれど……。

封筒に切手を貼り、煙草に火をつける。見まわしてもキティひとりきりで、昼休みのオフィスらしくがらんとし、時間が止まったかのようだ。そんなうつろな空間をぼんやりながめていると、午前中の仕事と午後にやる仕事への冷たい感想があぶり出しのごとく見えてきて、キティは苦笑し、大きなあくびをしてから週刊新聞〈ストップ・イット〉の最新版を読みはじめた。創刊されて、これが四号め。〝ストップ〟したい対象を具体的に表明しないことで発禁を免れている賢い新聞だ。発行元はストップ・イット連盟で、新聞も連盟も潰したい政府は、警察を踏み込ませるタイミングをうかがっている。ちなみに〝国土防衛法《ドーラ》〟は最近おとなしく、公平で節度をもったやり方を心がけ、露骨な反政府集団を除いて大目に見ている。

たとえば先週の日曜日、ストップ・イット連盟は曖昧な言葉を綴った横断幕を掲げてパレードすることを許された。もちろん、〝ストップ〟しろと呼びかける対象はいくらでも考えられる。不満ばかりいう国民かもしれないし、そんな不満を与える政府かもしれない。あるいは書籍の執筆者、記事を書くジャーナリスト、無能な役人……。いったい何を〝やめろ〟といっているのか？　いちばんもっともらしい答えは〝すべてをやめろ〟で、それならいちいち考えるだけ無駄というほかない。

キティはヴァーノン・プリドゥのオフィスで仕事をしていたが、彼のデスクの電話が二度鳴ったので受話器をとった。

「もしもし」男の声だ。「こちら、チェスター大臣。プリドゥ氏と話したいんだが」

秘書でも政務次官でもなく、ニコラス・チェスター本人らしい。昼休みに直接電話をしてくるなど、そうそうあることではない。キティは以前聞いた話を思い出した。生意気な若い女性職員が、「はい、そちらのお名前は？」と明るく尋ね、相手は威厳のある声でゆっくりと「ブランクソン卿……本人だ」と答えたという。

「プリドゥ氏は外出しております」と、キティは応じ、「何かお伝えすることがありますか？」と訊いた。

すると、しばし間があき、チェスターの声が少し遠のいた。

「いや、結構。きみ以外に話せる者はいないんだな？　では後刻、あらためて連絡する」

電話は一方的に切れた。どうやら彼は、具体的なことをキティとは話したくないらしい。

電話の内容が第三者に聞かれることもなくはないものの、たいていは掛け手と受け手で内密に話せるのだが……。チェスターの話し方はどこかぎこちなく、早々に電話を切ったのは彼女を避けたかったからだろう。あれからじっくり考えて、大臣と職員の関係である以上、距離を置いたほうがよいと思ったのかもしれない。あるいはキティがのぼせあがって、脳務大臣は自分に気があると信じこんだら困ると思ったか。

キティはヴァーノンのデスクの端にもたれ、小さく舌打ちした。チェスター脳務大臣には〝危惧する必要なし〟と、いつでも喜んで教えてやろう。

「偉い人って、ほんとに鼻持ちならないわ」

## 7

ふたりは偶然、飛行バスに乗り合わせたが、満席だったので言葉をかわすことはなかった。ところが機体の不具合で、スワン＆エドガー百貨店の屋上に緊急降下するという。キティが不安でそわそわしていると、チェスターがそばに来て声をかけた。

「おちつきなさい。機体が揺れて舌を嚙むといけないから気をつけて」

と、いい終わらないうちに事故が発生。機体は百貨店の屋上をかすめただけで、ピカデリーに落下した。広場にいた人びとは怯えた羊の群れのごとく散っていく。飛行バスは万一に備えて衝撃がやわらぐようクッション性に富んでいるので、大怪我を負う者はいなかった。ただし、キティは後頭部を強打して意識が遠のく。ほんの一瞬のこととはいえ、気がつくとチェスターが彼女の上にかがみこみ、「おい、大丈夫か。おい、目を覚ましてくれ」とささやいていた。

「大丈夫ですよ」キティはなんとか体を起こしたが、顔色は真っ青だ。「この程度で死んだりしません」

「よかった……」彼の表情がやわらいだ。「安心したよ」

「夕食の約束があるから、十分でハムステッドに行かなくてはいけないのだけど、これだとレスター・スクエアで地下鉄に乗るしかないかしら」

「だったら、タクシーのほうがいいだろう。きみひとりでは心配だから、目的地までつきあうよ」ハンカチで口を覆う。

「舌を嚙んだの？　わたしには注意しろといったのに」

「そう。しゃべっているときに揺れたからね。正直、痛いな」

ふたりはタクシーに乗り、チェスターは赤い染みのついたハンカチを口に当ててしゃべった。

「それにしても、あわてたな。きみの顔には血の気がなくて、最悪のことを想像した」

「ラッキーな人間ですから。最悪のことは、いつも向こうから逃げていくの」

「じゃあ、こっちは正反対だ。舌は嚙むし、人を愛してしまったし。どっちも最悪一歩手前だ」

痛みのせいか、言葉がはっきりせず、キティは聞き間違えたのだと思った。

「頭がちょっと重いけど、たいしたことはないから心配しないで」

キティは小さな手鏡を見ながらおしろいをはたいた。

「そんなことをしなくても、もう十分に白いよ」

「ええ。でもこれは薄いピンクだから、少し明るくなるわ」

「そんなものは必要ない」いやに真剣な口調。「きみはきみのままがいい。わたしに夕食の約束がないのは幸運だった。これではまともに話せないからね。さっきも、そしていまも、きみをどう思っているかを話したくても話せない」

「無理しないでちょうだい」キティは彼の顔を見ずにそういうと、おしろいをしまった。

チェスターは膝に両手をついて身をのりだし、痛みをこらえたほほえみを浮かべてキティを見つめた。

「きみに恋したことをわかってほしい。その思いに気づいたとき、だめだ、よせ、と自分にいいきかせた。とんでもなく厄介なことだと……。しかし自分を止めることができなかった」

キティは「あら……」とだけいった。くすくす笑ってみてもよかったが、愛を告白されてそれはできない。頭がくらくらし、耳の奥で押し寄せる大波の音がする。

「話したいことはたくさんあるが」彼はつづけた。「その前にきみの……わたしに対する気持ちを知りたい。どうか、教えてくれないだろうか」

謙虚とさえいえるほど、思いやりに満ちたやさしい口調で、キティはとまどい、また「あら」とだけいうと、座席の隅に身を寄せた。めまいはおさまらず、頭がずきずきする。気持ちを話せといわれても困ると思った。その前に、彼が何もかも話してくれないと……。しかし公平ではないし、いさぎよくもない。キティは気持ちをひきしめた。

「わたしは……」鼻眼鏡の紐を持って振りながら、冷静に、しかし緊張ぎみに語る。「わたしも、あなたと同じように感じています」

やや間があって、彼は「ありがとう」といった。「そういってくれて、ほんとうにありがとう。話すことはいくらでもあるが、いまここでは無理だし、明日はリーズで会議がある。だがあさってまでは待てないから、今夜、食事が終わったころに迎えにくるから、一緒に帰るのはどうだろう？」

「はい、わかりました」キティはそういうと、タクシーを降りた。

# 8

ふたりはまたタクシーに乗った。どちらもうきうき、そわそわしているのはいうまでもない。しばらくして、チェスターが口を開いた。

「話し合わなくてはいけない。そう簡単にはいかない面もあるからね」

「何もかもが簡単にはいかないような……。わたしたちには逆境そのものでしょう」

チェスターは唇を噛み、彼女をまじまじと見た。

「知っているんだね、わたしが無資格だということを。まあ、そうだろうな。知れ渡っているはずだから。きみのいうとおり、逆境そのものだ。いいかえると――」

「いいかえると、将来に希望がもてない恋愛はあきらめるしかない」

彼は首をすくめ、無言で頭を横に振った。

「その気になれば、あきらめられるでしょう」と、キティはいった。「わたしは何度か経験があるわ。そんなに深刻ではなかったけれど、つらいことに変わりはなかった。あなたは経験したことがない？」

「あるよ、もちろん」沈んだ声で。「だが、いまとは比較にならない。環境も、気持ちの強さも」

「ええ、わたしもここまでの思いを抱くなんて一度も……。いつからわたしのことを？　ううん、いいの、無理に答えてくれなくても」

　彼はしばし考えてから、かぶりを振った。

「自分でもよくわからない。あれは、たしか、春。ヴァーノン・プリドゥも一緒で、素敵な女性だと思ったことは覚えている。だが、それ以上のことは……。その後、何度か顔を合わせて、自分でも気づかないうちに、きみを意識するようになったのかもしれない。そしてあの週末が決定的だった。それから毎日、なんとか気持ちを抑えようと努めたが、努力は努力でしかなく、実を結ばなかった。飛行バスであんなことがあったからだろう、たまらず打ち明けてしまったが、後悔はしていない。正直に話してよかった、たとえ今後がどうなろうと」

「今後なんて、何もないでしょう。何も生まれない。ただの友人でいるだけ。でも、それでは不満？　男の人はたいていそうだから」

「ああ、大いに不満だ。しかし、耐えるしかないのもわかっている」抑えた冷たい笑いを漏らし、キティも小さく笑った。

「自分たちの仕掛けた罠にはまったということかな。ふたりのことが知れたら、スキャンダルになる。脳務省にとっては、とどめの一撃だ」けっして大袈裟な表現ではなく、ほぼ確実にそうなるだろう。彼の眉間に皺が寄る。「ひどい話だよ、ほんとに。きみはAランクだろう？

いずれ誰かと結婚しなくてはならない。もしB2かB3であれば……いや、ありえないことを考えても仕方がないな。いずれにしても、こんな男がきみの行く手に立ちふさがるのは、不道徳どころか罪悪でしかない。邪魔をしないようしりぞいて、お互いを忘れるのが正しい道だろうが……。はっ。心も感覚も潰しまくるのが正しい道なら、そんなものはくそくらえと思う自分は、この国いちばんの救いがたき愚か者だ。モラリストなら、自分の信念を、主義主張を貫き、証言し、ほら、まさしくこれが真実だと世間に見せつけるいいチャンスだというだろう。そう、自分の信念、主義主張になんら間違ったところはない。だが困ったことに、いまはそれを貫くどころか、邪魔で邪魔で仕方がない。善良で遵法精神に富む市民が、人妻と恋におちたときの思いと似たようなものかな……。何を笑っている？」

「あなたを笑っているの。話を聞いていると面白いから。わたしたちの状況が面白いのはもちろんだけど。まるでコミック・オペラみたい。ギルバートとサリヴァンなら、きっとすばらしい作品に仕上げてくれたでしょうね。話はもどりますけど、わたしは〝結婚しなくてはならない〟とは考えていませんから、そこは心配しないでね。婚約も破棄した、というか、破棄する努力はつづけているの。もともと、結婚という考え方自体が好きではないから。家庭に縛られて自由がきかない気がするわ。国への義務より、自分への義務を優先したい——。わたしたちも、会うだけなら大きな問題はないんじゃない？　一緒に出かけて楽しい時間を過ごしても？

うまくいくかどうか、ちょっと試してみましょうよ」

「うん、そうだな、試してみよう」キティを抱きしめる。「できることが限られている以上、やってみるしかない」

「はい、決まりね。きっととっても楽しいわ。あなたに打ち明けられて、いまのわたしは自分でも怖いくらい鼻高々なの。どうしたらいいかわからないくらい。ニコラス・チェスターは重要な地位にいる人。大臣が部下の職員と恋愛するなんてめったにないし、有能な大臣ならなおさら」

「それをいうなら、有能な職員もね。要するに、このふたりは有能じゃないってことだ」

「アパートに着いたわ。部屋に寄って、何か飲み物でもいかが？　従妹がいるけど、気にしなくて平気。彼女もちょっと変わっているから、驚いたりしないわ」

「遠慮したほうがいいだろう」大臣らしく慎重に。「人の噂にびくつく気はないが、用心するにこしたことはない」

　キティはうなずき、ひとりでタクシーを降りた。

# 第七章　限界点

## 1

六か月後の四月。土曜の午後、地下鉄のベイカールー線は仕事を終えて帰宅する人たちで混み合っていた。キティ・グラモントとアイヴィ・デルマーもリトル・チャントリーズに帰るので、メリルボーン駅まで列車に揺られる。

乗客は本書の冒頭で記した五月の月曜の朝とほぼ同じタイプで、地下鉄の利用者はおおよそ決まっている。ただ大戦中は、夜に空襲があると、逃げ場のない人たちが地下鉄に避難したりもした。

同じタイプとはいえ、以前とはいくらか違いがなくもない。静かな水面にさざ波が立つように、穏やかだった顔に困惑と疲れ、不安が見える。これは買い物帰りの女性たちにも当てはまり、座席に無表情ですわってはいても、以前とはどこか様子が違った。何か思案をめぐらせているのか、あらぬ方を見つめる目がときおり揺らぎ、見開かれ、恐れと苛立ちの暗いさざ波が立っては消えていく。そして穏やかな水面にもどっても、暗い影は残ったままだ。

とはいえ、このような女性はまだましで、なかには知力育成講座で脳を使いすぎ、息絶えた者もいるにちがいない（噂によると、石鹸水で体を洗ったことのない不幸な人は、病院に運ばれて初体験した入浴で死んでしまうこともあるらしい）。また逆に、半年前はうつろな目で考えをめぐらせていた人が、いまは新聞をしっかり読みこんでいる場合もあった。ほかには、他人を違う目で見るようになった者。彼らは誰かを三十秒ほど凝視してから目をそらし、何やらぶつぶつ独り言をいう。祈りを捧げているわけではなく、見たものの詳細を言葉で再現しているのだ。知力育成講座のひとつ、「観察と精度」の実習だ。

キティのそばで、大きな太った女性が連れに話している。買い物袋の中には書物もあった。

「きょうは図書館でまともな本を借りられなかったわ。読みたいものが一冊もなくて。借りてはきたけど、どうせつまらないわよね。ほんと、いい本って少ないと思わない？」

断定せずに尋ねてはいても、この女性はバターや帽子や家政婦に使う〝いい～〟という表現を書物にも使った。〝いい〟の基準が不明とはいえ。するとつぎにこんなことをいった。

「バイエルンとプロイセンのこと、どう思う？　前よりも緊張関係にあるみたいよね」

連れはこういう方面に疎いのか、思いがけない質問に、関係をもつなんて面倒だし疲れるだけよと、ピントのずれた返事をした。それから少し話は流れ、小姑の話題になったものの、関係性というテーマは変わらない。

このふたりの向こうにすわっているのは、いかにも知力育成講座の対象外と思われるぼんやりした顔の女性、さらに向こうにはチョコレートを食べながら〈デイリー・ミラー〉を読んでいる女性。彼女は去年の五月、同紙の「金で買えない愛」を読んでいたタイピストで、四月のきょうは「ナッツ・ペストリーの作り方」だ。クリスマスが近づくころには、「どこにどんな基準で投票するか?」を読んでいるのではないか。

彼女の横で、アイヴィは壁のポスターをながめていた。「パンチを家に呼ぼう!」と「差し迫った神の怒りを免れるには」の間には、何も張られていない。以前、ここには安全追求理事会の「道路の真ん中にすわったあなたは死ぬかもしれない」というポスターがあったのだが、ひと月前にはがされた。ここまで基本的な注意喚起は不要と判断されたのだろう。実際、交通事故の件数は目に見えて減少し、ロンドン市民は原因と結果の関係を何か月かかけて理解したらしい。Aランクはなぜ〝死ぬかもしれない〟のかを学び、Bランクはどうすれば〝死なずにすむ〟のかを学んだのだ。

空いた場所にはどんなポスターが張られるのか、アイヴィは想像した。このところ、注意喚起の標語はめっきり数が減り、ほとんど誰も目を向けないから、宣伝のポスターかもしれない。

〝雲の中でクリスマスを迎えよう〟とか、〝飛行バスならウォトフォードまでたったの五分〟とか。ただし危険を伴う、の注記つきで。

一年ほど前、乗客のほとんどは仕事帰りの男女だったが、最近は若い男性がずいぶん増えた。アイヴィは見まわしながら、自分もいつかは結婚するだろうかと考えて、小さなため息をついた。そうなるといいとは思いつつ、ほんとうにできるかどうかは自信がなかった。いまの時代、結婚を期待できる娘はほとんどいない。結婚するとしたら、相手は戦争で身体が不自由になった人とか。愛国心に富めば、それが当然かもしれないが……。車内にいる負傷した若い男たちは、みんなずいぶん疲れて見えた。彼らに結婚して家族をもつ気はあるだろうか。もっと歳をとった男性のほうが元気そうだが、そういう人はたいてい既婚者だ。なかには意気揚々として、こんなことをいいそうな人もいる――「講座を受けてよかったよ。年収は百ポンド増え、自信がついて頭も冴えわたっている」

教会改善に携わっていそうな、一見魅力的な牧師もいたが、聖職者は少し異質だから、結婚相手としては……。全体をひっくるめ、結婚の希望はもてそうにない。

メリルボーン駅に到着。駅と駅の間で半端に停車していたのを中止してから、ずいぶん早くなった。どうしてあんなことをしていたのか不明だが、電気鉄道の職員の知能も向上し、古い習慣は徐々に捨てられていった。

メリルボーン駅も変化をとげた。あちこち走りまわる必要が減り、騒音も煙も減って、時計はほぼ正確になった。いやでも目につく看板も消え、チェスター大臣はこの変化に大満足らしい。ほかの駅も同様だったが、サウスイースタン線の駅だけは以前のままで、理由はおそらく役員と職員の大部分が知力育成講座を受けていないからだろう。ここの委員会がそんな講座にメリットなしとして、受講させなかったのだ。

リトル・チャントリーズに向かう列車も以前より快適になった。厄介な煙がほとんどないのは、誰かの頭の中で除去法の名案がひらめいたのだろう。

アイヴィとキティはコンパートメントが同じになった。アイヴィはこの数か月、キティ・グラモントはきれいになったと感じている。前よりずっと輝いて見えるのだ。道中、アイヴィとキティはときどき雑談をした。たとえば、ウェストイーリングくらいまで行けばズボン姿でも平気かどうか（結論は出ずじまい）、どこのチョコレートが安くておいしいか、上演中の芝居でお薦めは何か――。また、このところ仕事が増えたことも話題になった。B2ランク以上の新聞記者の講座免除に関する新たな方針が決定したからで、脳務省は新聞社支援の一環として免除を容認するしかなかった。

またアイヴィは、飼い犬の頭を人間用のマフでくるんで教会に連れて行くことについても話し、そうこうするうちに列車はリトル・チャントリーズに到着した。

## 2

アイヴィが自宅に帰ると、両親は庭で草取りをし、ジェーンとジョンはサッカー、ジェリーは敷地内をひとりで元気よくジョギングしていた。

「やあ、お帰り」司祭はひざまずいたまま顔をあげた。司祭館ではいまだに電気の道具を使っていない。試しに使ってみたときに、なぜか勝手に動きだし、草ではなくジェリーが感電したのであきらめた。いつもなら、庭の手入れは隻腕の元兵士に頼むのだが、彼はきょうの午後、仕事はしないとのことだった。負傷兵の雇用は当然のこととはいえ、正直なところ、司祭夫婦は自分たちでやったほうが早いと感じている。

「きょうも忙しかった？」母親が敷石の間を鋤でかきながら訊いた。

「うん」アイヴィは手押し車に腰をおろした。「休む暇もなかったわ。プリドゥさんが、国民は動揺しているっていうの。ほんとに、不満だらけの投書がどっさり届くのよ。お父さんも疲れてるんじゃない？」

「たいしたことはない」抜いた雑草の籠を燃却場へ持っていく。

「お父さんには心配事があるのよ」と、母。「また赤ん坊がふたり、置き去りにされてね」

「今度はどこ？」

「ひとりは警察署。国のせいでこうするしかなかったという置き手紙があって。もうひとりは、うちの庭門の外。手紙はなかったけれど、たぶん同じ思いからでしょう。リトル・チャントリーズの人じゃないのはたしかね。手掛かりはまだないけど、たぶん、そのうちわかるでしょ。お父さん、村の人たちに訊いてまわったのよ。だけど知ってたって、誰も教えてはくれないわ。お父さんの話だと、みんな悲しい顔で怒ってたそうよ。それに、赤ん坊に関する法律はどれもひどいって。不満は日に日に大きくなる一方——。お父さんはそういっていたわ。お金持ちと貧しい人では法律が違うって、いろいろいわれているでしょう？　法律そのものは同じでも、現実は違うって。児童税の税率は収入で変わるけど、貧しい人たちには負担が大きすぎるのよ。お父さんはあしたの礼拝で、そのことに触れるのが自分の務めだといっているけど、逮捕されて罰金を払わされるのを心配しているわ。でもね、お父さんのいうとおりなのよ。このまんま進んだら、暴動や革命が起きるかもしれない。ストップ・イット連盟は反乱を煽って、かわいそうに国のあちこちでたくさんの赤ん坊が捨てられて……こんなに胸の痛むことはないわ。でも、お父さんとこの話はしないようにね。お父さん、また考えこんでしまうから……。それにしてもブラウンは、野菜園の仕事が手につかなくて困ったものだわ。知力育成講座を受けてどうかしちゃったのかしらね。様子も話し方もとってもへんよ。お父さんは副牧師のホートリーのことも心配しているわ。教会改善協議会に加わってから、そわそわしておちつきがなくなって、お父さんにも加われってしつこくいうらしいの」

母親はため息をつき、話題を変えた。父親がもどってきて、満開のホワイトハート・チェリーの下へ行く。

アイヴィは家に入り、二階の部屋へあがった。妹ベティとの共同部屋で、妹はいま、麦わら帽子にジャクソン製の栗色の光沢剤を塗っていた。

「自分の靴下くらい、ちゃんと片づけてよ」アイヴィは妹を叱った。「ここはベティひとりの部屋じゃないんだから」

「ただの靴下よ」

姉妹は外向きには仲が良かったが、内輪ではよく喧嘩した。

アイヴィは引き出しを開けると、「いいかげんにしてね」といった。「わたしのハンカチを使わないでちょうだい」

ベティはうわのそらで、答えにならない答えをいった。

「アイヴィの古い箪笥に近づいたりしないわ」

「嘘ばっかり。今朝は十二枚あったのに、いまは十枚。人のものを勝手に使わないでっていったでしょ。ハンカチを買うお金がなかったら、使わなきゃいいの」

「午前中、ホワイトさんとテニスをしたときは、袖で汗を拭いたわ」

「だから、なに？　朝からテニスをするなんて、いいご身分ね。あなたはほんとに芯から怠け者。わたしがお父さんだったら、ご飯も食べさせないわ。戦争前の小娘と変わらない。知力育成講座もむだらしいわね。あなたみたいな人たちが、せっかくの講座を台無しにするのよ」

「どっちみち下らないじゃない」白けたようにいい、わざと帽子をくるっと回す。「村の人たちの話を聞いてみるといいわ。みんな、ばかばかしいっていってるから。わたしみたいな人も、まともな人たちもね。講座なんてしょうもないと思ってるし、これからもずっとそうよ」

「あなたみたいな人たちだけでしょ」アイヴィは若干どぎまぎしつつ、スカートからズボンに着替えながらいい返した。

しかしベティは完全無視だ。ベティであれ、彼女のような人たちであれ、司祭館で暮らす人間やリトル・チャントリーズの住民たちは、聞く耳をもたないだろう。彼らを納得させるのは並大抵のことではない。

「ばかみたい」アイヴィはとりあえず、それだけいった。

着てみると、新品の緑のズボンはなかなか素敵だ。いまはもう、それで十分。

## 3

キティがエンド・ハウスに入るとシリルがいたが、ずいぶん元気がない。どうやら、出版業が破産の瀬戸際にあるらしい。

「ろくでもない脳務省のせいだよ」シリルは不満たらたらだ。「出版者はリスクを伴う冒険をしながら、飯を食うために安全で平凡な商品をつくってきたが、このところとんとそういう品が出まわらなくなった。出版者は――みんながみんなとはいわないが――頭が良くなりすぎて、そういう平凡な本をつくらないいんだよ。まさか、こんなことになろうとはね。自分の仕事に嫌気がさして全部放り投げた例もいくつか聞いた。おまけに、そのての本は出したところでぜんぜん売れない。この状態が進んで、ほんとうに良いものがたくさん出版され、大勢の読者に読まれれば業界ももちなおすとは思うが、それまでは貧乏暮らしがつづくだろう。詩集も秋の枯葉のごとくだ。まあ、それはいいことだがね……。脳務省が潰れないかぎり、あと一年か二年かそこらで、物書きはこの国に百人ぽっきりということになりかねない。だが新聞界は、このまま生きつづけるだろう。脳務省は新聞を怖がって講座免除しているからな。つまらない詩や無意味な小説は自然消滅しても、〈ワスレナグサ〉や〈パトリオット〉、〈日刊愚者〉は生きながらえる。国は罪もない出版者を破滅させ、貧しく質素な人間を威嚇して、これから生まれてくる無垢の赤ん坊から金を搾りとることはしても、新聞のご機嫌を損ねる危険は冒さない」

「ええ、そうだと思うわ」キティはうなずいた。「新聞に気に入られようとしているのはたしかね。列車の中で〈ヘラルド〉と〈ストップ・イット〉を読んでぞっとしたわ。〈ストップ・イット〉はあいかわらず主張が曖昧だけど、それも経営のためでしょう。だけど半年前は、この先どうなるかと心配したのに、現実には騒ぎも起きずに平穏だわ。ひびの入った氷の上でも、速く滑れば氷は割れないってことじゃない？　面白くてわくわくするわ。これからも勢いよく滑りつづければいいのよ。政府は日をおってどんどん賢明になっていくから、それくらい簡単にできるでしょう。チェスター大臣も、講座を受けてからは頭が冴えた気がするといっていたわ。国民を説得するときだけじゃなく、私生活でも」

「今後はもっと頭が冴えなきゃだめだな」といったのは、アントニーだ。「都会でも田舎でも、一歩足を踏み入れれば、捨てられた赤ん坊がいる。これじゃ中国よりひどいよ。はるかに、ひどい。中国では赤ん坊を人目につかない広々したところに置いていくらしいからね。でないと、はた迷惑でしかない」

「脳務省に新しい部署ができたの」と、キティ。「無資格で生まれた子どもを専門に扱う部署よ」

「あら、扱うってどういう意味？」庭からもどってきたパンジーが訊いた。レビューの乳しぼり女の衣装に似たドレスで、つばの大きなピンクの帽子をかぶり、いつも以上に明るく素敵だ。
キティはしかし、どこか暗いまなざしでパンジーを見つめた。
「知らない方がいいわ。たぶん、気に入らないから。それに機密とまではいわないけど、ジャム工場で種をとりのぞく秘密の部屋みたいなものなの。だからごめんなさい、具体的にはいえないわ。でも、職員はみんな手際がいいから」
パンジーは息子を上下に揺すりながら歌った。
「誰も買わない赤ちゃん
生まれなかったほうがしあわせな赤ちゃん
知能のランクは
C3からZ……」
レビューの曲だった。舞台では、両手で赤ん坊を抱いてあやしながらせつなげに歌われ、背後の合唱は赤ん坊の泣き声だ。

## *4*

日曜の朝食後、キティはみんなに告げようと思った――これから列車でビーコンズフィールドへ行き、ニコラス・チェスター大臣とバーナムビーチを散歩する。彼と個人的に会うことを隠したりはしない、と決めていたからだ。堂々として何が悪い？　誰だって、気の合う人とおしゃべりしながら散歩くらいするだろう。ごくごくふつうの、ありきたりのこと。

とはいえ、どうしても意識過剰にはなりがちで、ふたりの関係を疑われないか、さりげなく話題にすることができるだろうかとびくついた。ほんとうに、これでいいのか――。大臣と一職員が親しくなるなどめったにないから、傍目には不自然に見え、いやでも憶測を生むような気がした。自分が第三者であれば、おそらく疑念を抱くだろう。

キティはどうでもよさそうに、さりげなくニコラスとの散歩を口にした。

「あら、チェスター大臣と？」さっそくパンジーがいった。「お花摘みじゃなく、捨てられた赤ちゃんを拾ってくれるんでしょ？　だったら、うちの坊やの乳母車を持っていくといいわ」

「ぼくなら」と、アントニー。「日曜日に仕事の関係者と散歩なんかしないけどね。休日出勤みたいなものだ。ぼくやパンジー、シリルと出かけたほうがいいんじゃないか？」

「悪いが――」シリルが真面目な顔でいった。「日曜はミサに行く」

# 5

ふたりはビーコンズフィールド駅から古い繁華街を抜けて広々した場所、裾野が十字架のように広がった山の上の町へ行った。ビーコンズフィールドは十七、十八世紀に栄え、いまでは美しい古都となっている。煉瓦の壁、古い邸宅、馬車道のある宿屋、ゆったりと厳《おご》かに葉を茂《そ》らせた並木――。

ニコラスとキティは四月の冷たい風を受けながら、ヘジャリーへ向かった。

一時間ほど歩いてブナの林に入る。枝を広げる樹々のあいだを抜け、緑の草々とシダが茂る開けた土地を横切り、ふたたびゆがんだ古枝と四月の萌える若枝がからみあう樹々を仰ぎながら歩く。苔むした足元では、ときにサクラソウが淡い色の花を咲かせていた。

ふたりはそんな花のそばに腰をおろし、昼食を楽しんだ。

それから地面に寝そべって一服――。ニコラスは頭の下で両手を組んで仰向けになると、緑葉の茂る空をながめた。キティはうつぶせで頬杖をつき、彼の引き締まった賢そうな顔、白い肌で揺れる木の葉の影、きらめく陽光に細める目をながめた。

「キティ……」しばらくして、彼がいった。「話したいことがある」

「ん？」草を摘んで噛みながら。

ニコラスは体を起こした。ほほえみは消え、白い顔がもっと白くなる。彼は湿ったやわらかい土に小枝を刺すと、眉をひそめた。

「もう、こういう……茶番は、つづけられない。終わりにしよう。何度かいいかけたことはあるが、お互いが納得できるまで、もう少しつづけてみようと思った。しかし、この試みがうまくいったとは思えない。つづけても意味はないだろう。お互いのことを以前より多少は知りえたから、こんな中途半端なかたちでも、それなりに良かったとは思う。だがこれ以上はもう……。きみの考えを聞かせてほしい」

キティはサクラソウを一本抜いて、花びらを一枚一枚とっていった。

「わたしの考えは」ゆっくりと。「あなたとは違うわ。男と女が違うみたいなものかしら？ううん、そんなことはどうでもいいわね。だけど人間には、男と女がある。それは間違いないから。わたしがあなたと違うところは、中途半端でも、何もないよりいいと思っていること。男の人は女より、結婚に価値を感じるみたいね。一緒に出かけておしゃべりしたり、何か楽しいことをしたり、そういう心の交わりはどうでもいいというか。男と女では愛のかたちや愛の表わし方が異なっているように見えるし、その違いを理解しようとしたところで、なんの役にも立たないわ、きっと。わたしがいま考えているのは、そういうこと」

ニコラスはそわそわした。

「きみはこの状態に満足なんだな？」

「ううん、ぜんぜん満足なんかしていない。もっともっと……。でも、わたしたちにはこれが精いっぱいだから」

「そんなことはない。結婚すればいいんだ」

キティは唇を結び、かぶりを振った。

「だめよ。できない」

「誰にも教えずに結婚する。知っているのは登録係と式の証人だけで、式がすんだら殺してしまえばいい。どうだ？　できるだろう？　たったのふたりだ。でなければ、きみは有資格者と結婚して優秀な家族をもち、こっちは家族がもてない。もし、ほかの誰とも結婚する気がなければ、このニコラス・チェスターと結婚すればいいだけだ。それがまずひとつ。そしてふたつめは、結婚しても子どもをつくらなければいい。これでどうだい？」

「三つめもあるわ。重要なのは、そのひとつだけ。現実的な問題よ。何人殺したってかまわないけど、秘密は漏れることを覚悟すること。どんな秘密でも、かならず漏れるわ。わたしはこの歳になるまで、いくら隠したくても隠しおおせたことは一度もない。遅かれ早かれ知れてしまうのは、あなたも政府の一員としてわかっているはずよ。黒い秘密を抱えた国は、政府は、どうなった？　黒い花にまぶしい陽光が射して、たいへんな結果になったんじゃない？　いまの政府だって、部署間で裏の取引をすればそのうち漏れるわ。守りぬける秘密なんてひとつもないと思う。わたしたちの結婚も同じ。罪を犯せばかならず見つかる。あなたは職を追われ、脳務省もなくなるかもしれない。いまの省はあなたの肩にかかっているもの。すでにぐらついているし……。あなたが有資格だったらいいのだけど、これればかりはどうしようもないわね。だめよ、結婚できない。あなたはまず第一に、脳務大臣なんだもの。好きな人と結婚したい、かわいそうな男ニコラスの順番は、そのずっとずっと後ろでしょう。そしてニコラスと結婚したいかわいそうな女には、順番すらない……。ああだこうだと理屈を並べる気はないの。ほんの少し、道理をわきまえたいだけ」

ニコラスは顔をしかめてブナの木にもたれ、さびしげにキティを見つめた。華奢な手で、地面の苔をむしりとる。

「ほしいものを手に入れるのは、べつに道理外れじゃない。誰も、何も傷つけさえしなければね。それに、どうしてもほしいものが手に入らなければ、仕事も自分自身もだめになっていく気がする。恋愛など二度としないと決め、人を愛さずに生きてきた。だからきみのことも意識しないように努めたが、努力は実らず、後戻りしたくてもできなくなった。こんなことをつづけるのは、もううんざりなんだよ。

きみよりは長く生きて、長く仕事をしてきたから、暴露されていない裏交渉も多少は知っている。この手でも汚いことを何度かやったが、オフィスに射しこむまぶしい陽光に照らされずにすんでいるし、天の恵みがあれば今後も照らされないだろう。きみだって、大戦の闇の秘密がすべて明るみに出たとは思っていないだろう？　闇の一部はまだ闇のままだ。真実がさらけだされるとすれば……つぎの戦争が始まったときくらいかな。

キティ……やってみよう。危ない橋でも渡ってみよう。それだけの価値はあるんだ。この世でいちばんたいせつなものを失って、めそめそなんかしていられない。きみはやるべきことをやる、そのことだけに集中できる人だ。自分の人生から逃げるような真似はしない。キティ・グラモントはそういう人間だと思っている」

「そんなこと……」キティは口ごもった。「人生にはいろんなことがあって、これはそのひとつでしかないわ」

「ほしいもののうち――」険しい顔で。「もっともたいせつなものは後回しにするわけか」

「そうね、比較なんてできないくらいたいせつ。たったひとりの人をこんなにほしいと思うなんて、不思議でたまらない。どうしようもないの、抑えられないの。でも……世の中には、ほかにもいろんなものがあるでしょう？　音楽に演劇に絵画に、すてきなドレスに、ロシアの政治、非常識な人たち、ギリシャの詩、島に追放された人たち、食べ物、飲み物、仕事の成功や失敗、森に咲くサクラソウ、検閲……。それにほら、ばかみたいに派手なレビューとか。

いくらたいせつだからといって、そのことだけに、ひとつに限ってはいけないと思う。わたしたちはいま、絶望の淵にいるわけじゃない。これからも、きっとそう。会って楽しい時間を過ごして、愛とか結婚とかは成り行きにまかせましょう。もしその成り行きが……。ねえ、気休めになるかどうかわからないけど――わたしにはなるの――キティ・グラモントは〝できた、いい奥さん〟にはなれないわよ。いい友人なら、少しは自信があるけれど。わたしは人生を思いっきり楽しみたいの。貪欲で自分本位な人間だから。あなたはきっと、わたしにうんざりするわ」

「ああ、うんざりしているよ、いまのきみには。友人ならたくさんいるから、心配ご無用。それに、〝いい奥さん〟がどうした？　秘書役なんていやだ、といっているように聞こえたけどね。なにも、妻がほしいわけじゃない。きみがほしいんだ」

「だったら、とっくに手に入れたでしょう、立場が妻でないだけで。それで満足できないなら、わたしたち、あきらめるしかないわ。このままでうまくいくはずないもの。わたしは脳務省を辞めて、ほかの仕事につくから」

「いや――」声が沈んだ。「そこまでする必要はない。せっかくのキャリアを台無しにしてどうする？　仕方がない。もう、会うのはよそう。あえて機会をつくらないかぎり、出会うことはないはずだ。きみのいうとおり、あきらめるべきだろう。会ったところで、同じ話をくりかえし、お互いに傷つくだけだ。ここが限界かな……。これ以上は耐えられない。もし気持ちが変わって、結婚してもいいと思えたら、教えてくれるかな？」

「ええ……」目頭が熱くなり、キティはそれしかいえなかった。

彼女はニコラスを、彼はキティを力いっぱい抱きしめた。

「愛しているよ。きみは……きみも？」

「愛しているわ」つらいささやき。「ほかに何も見えないくらい」彼の手に頬を押し当て、涙で濡らす。

ふたりは散歩をつづけた。四月の午後の日射しがふたりに向かい、裏切られた、見捨てられたと、子どものように泣きじゃくる。どんな春が、夏が来ても、きょうのような日は二度と訪れないだろう。

## 6

アイヴィとベティ姉妹はその日の午後をビーコンズフィールドで過ごし、駅でこの男女を見かけた。

「ねえ、アイヴィ、グラモントさんと一緒にいるのは脳務省の大臣じゃない？」

アイヴィはプラットホームの先に目をやった。たしかにあれはグラモントさんと大臣だが、どこか様子がおかしい。ふたりとも疲れたようにとぼとぼ歩き、グラモントさんが泣いているのは間違いなかった。

アイヴィはふと、あることを想像し、まさかそんなこと、と目をぱちくりさせた。大臣と一職員のグラモントさんが？　いいや、あるはずがない。大臣は省を統《す》べる重要な、最高の地位にある人なのだ。それにチェスター大臣は結婚の資格をもたない。そういう人と恋愛するなんて……。アイヴィは自分の気ままな想像を打ち消した。ふたりは別れるときにせつなげに見つめ合ったように見えたけれど、それも自分の勝手な思い込みでしかないだろう。

「親密な関係なの？」ベティは好奇心まるだしで気楽に訊いた。大臣とはどういうものか、チェスター大臣はどういう人かをまったく知らないから、なんの疑問も抱かないのだろう。

「お互いによく知っている程度でしょ」と、アイヴィは答えた。「グラモントさんはすごく頭がいいから、大臣は何か重要なことで意見を聞きたかったのかも」

「なあんだ……」ベティは摘んだサクラソウを振った。「同じ車両に乗らないようにしようね。お父さんにもお母さんにも、エンド・ハウスの人たちには近づかないようにいわれているから。ポンソンビーさんは立派な人じゃないけど、とっても素敵じゃない？　レビューのいろんな話を聞けたら楽しいだろうなあ。でも、あのグラモントさんはちょっとね。服のセンスはまともだけど、お高くとまって見えるもの。日曜日に大臣と会うなんて、わたしならご遠慮申し上げます」

「心配しなくていいわよ。どんな大臣からも、お声はかからないから。チェスター大臣だったら、ベティと話した後で、この娘を死刑にしろっていうかもね。頭のおかしな人を世の中から追い出すことに長けた人だから」アイヴィは内心、あのふたりの関係に興味津々だった。脳務省のほかの職員たちはどう思うだろうか。想像すらしたことがないだろうか――。

# 第八章　変わる風景、変わらぬ思い

## 1

キティは職を変える時期が来たと思った。これまでも仕事に嫌気がさし、未知の森や草原を見たくて転職したことは何度かある。人生を存分に楽しみたい人間がなかなか成功できないのは、そうやって次つぎ仕事を変えてしまうことも一因だろう。人生は現実であり、生真面目さが必要であることを忘れてしまうから、砂の上に残した足跡も、歳月とともに消えてしまうのだ。出世せず、成功せず、たまたま大儲けすることはあっても、長い目で見れば貧乏暮らしだ。ただし、仕事には全力でとりくみ、力の出し惜しみはけっしてしない。

もちろん誰だって、辞職を考えるときは悩みぬき、それはキティも同じだった。しかしやはり、脳務省は去ったほうが良いように思う。ニコラスはあのとき、「もう、会うのはよそう」といったが、愛し合う者が同じ建物で仕事をすることに変わりはないのだ。どんなに部屋が離れていようと、愛する人のことを考えて悶々とするだろう。しかもニコラスは大臣だから、あらゆるオフィスに彼の影がある。どこへ行こうと彼がいて、逃げ出したくても逃げ出せない。職員たちは大臣の名を口にし、書類に記し、タイピストは彼の名前をタイプする。公式の文書には「脳務大臣の指示により」という文言と大臣の署名が不可欠だ。そのうえ大臣だって動くから、どこでばったり出くわすかわからないし、食堂で食事をする姿を見かけたり、秘書が彼の名前で電話をかけてきたり――。脳務省で働くかぎり、彼から逃げることはできないのだ。いいかえると、心が休まるときはなく、仕事でも私生活でも気分は暗く、つねにそわそわ、いらいら、しくしくするしかない。キティはそれが耐えられず、つぎの仕事が見つかったら辞職したいとヴァーノン・プリドゥに告げた。

「いったいどうした？　なぜだ？」彼は驚き、不機嫌になった。

「つまらなくなったの。独断的な政府の下で働くのがつらくて、環境を変えたくなっただけ。もっと心の広い、柔軟で魂のある仕事につきたいわ。旅回りのサーカスとか、お金持ちのアメリカ人を案内する観光業とか、楽しめる仕事」

「脳務省という〝サーカス〟でも十分楽しめるよ。満足感もあるしね。まったく……ばかげているとしかいいようがない。チャンスを棒に振るのか？　実績はあるし、きみなら出世もできる。役所以外の仕事でもうまくこなせるとは思うが、もっと冷静にキャリアを考えたほうがいい。きみの代わりになる人間はいないんだよ。それくらいわかっているだろう？　考えなおしてくれよ」

キティにその気はなかった。「わたしがいなくたって、仕事はまわるわ。それに〝キャリア〟なんて立派なものが、もともとわたしにはないし。あったところで、多少の浮き沈みが加わるだけだわ。わたしの代わりになる人くらい、いくらでもいるでしょう。この省は人材豊富なんだから。ともかく……ともかく、辞職させてもらいます」

軽薄だ、とヴァーノンは思った。稚拙で、あさはかで、いかにも女の考えそうなことだと腹が立ってくる。

「きみがそういうなら仕方がないな」ベルを鳴らして速記係を呼ぶと、秘書に声をかけた。ポンフリーの後任秘書で、彼女より有能だ。「エジャートン、時間があるときにミス・グラモントの書類を別室に届けておいてくれ」

これで会話は終了し、キティは自分のデスクにもどって合同機械工組合向けの書類をつくった。一部の会員を知力育成講座から除外する同意書だが、組合の要望どおり、全員を免除すればよいものを、と思う。この組合は有能な人材がそろっているのだ。しかも組合との合意内容は守られていないようにも感じ――。政府批判めいたことを考えはじめたら、辞める潮時といってよいだろう。そのつぎは、ＭＢＩから届いた〝市民の空想に基づく悲嘆を処理されたし〟とメモ書きされた要望書に目を通す。差出人は男性で、彼の妻がバスに轢かれて亡くなって葬儀をするかもしれないので、育成講座の受講を一週間延期してほしいというものだった。MBIは特段冷徹ではないが、もう少し柔軟に対処できてもいいのではないか。

ヴァーノンの呼び出しに応じたのはアイヴィ・デルマーで、鉛筆を手にノートに向かい、準備万端だ。アイヴィは彼の秘書への指示を聞いて、ミス・グラモントは給与アップを要求するか、もしくは辞職するのだろうと感じた。これにチェスター大臣は関係しているのだろうか。大臣は日曜日、彼女にどんな話をしたのだろう。アイヴィは日曜のあのときよりもっと興味がわいていた。大臣とキティ・グラモントのことを話題にすると、誰もがふたりの親しさに気づいていていて、散歩する姿を一度ならず見かけたという。ただ、それ以上のつながりを感じていたのはアイヴィだけだった。なんといっても、ビーコンズフィールド駅のふたりをその目で見たのだ。そこでアイヴィは、じつは日曜日……とみんなに語った。

キティのいうとおり、省内にかぎらず、どこでも秘密は守りぬけない。どんな秘密であろうときわめて自然に、必然的に白日の下にさらされ、これはもうどうしようもないことなのだ。

## 2

キティは夜、自室で新聞の広告欄を読んだ。セルフリッジ百貨店やペルマン式記憶術の宣伝など、堅い記事よりはるかに楽しいから、いつもこの欄にはざっと目を通してはいる。ただ今夜は、隅々まで注意深く見ていった。そして〈タイムズ〉の個人広告欄も——。

「上品で寡黙な紳士（従軍、音楽劇の経験あり）。明るく思いやりのある婦人は連絡されたし」キティはこれを却下。思いやりがあるかどうかは自信がないし、内容が曖昧すぎる。「女性、高水準の趣味と教養、資力あり。旅の同行者求む。美術知識必須。気品があればなお良し。大陸言語に堪能かつ鉄道案内図が理解できること」キティは記憶にとどめておいた。気品はさておき、それ以外の条件は満たせる。ほかには——「手紙書かれたし。すべて許す」「先週土曜・三時半、ハマースミスの飛行バスに乗車していた毛皮の帽子の女性、ACに連絡されたし」「いかなる時代にも神を見た者はいない」そして最後に、「教養ある若い戦争未亡人求む。貴族、議員、紳士の秘書の職」を見て、そこに指を当て、従妹のエルスペスにいった。

「これ、なかなかいいわね。戦争未亡人……。戦時中は、なってみたいと思ったわ。せつない響きがあるもの。喪服を買って、寡婦になろうかしら」

「新しい仕事をしたいなら」エルスペスがいった。「太平洋に行って、ニールと一緒にやれば？ 彼がどの島にいようと、旅をして活気のある毎日を過ごせるでしょ」煙草の淡い煙ごしにキティをながめる。キティはしかし、げんなりしたのか、新聞をたたむとマニキュアを塗りはじめた。

「ニールのことはもういいわ。彼はいまのわたしには若すぎるのよ。それに婚約を破棄した以上、ふたりで旅なんかできないわ。最後の手紙はまだもどってこないから、たぶん届いたのだと思う」一瞬ためらってから、軽い調子でつづける。「いまでもニコラス・チェスターに夢中だもの。一緒にはなれないけれど、ほかの人は目に入らない」

従妹はうなずいた。「そうでしょうね。なにも別れなくたってよかったと思うけど。そう長くはもたないわよ。ええ、確実に。若い戦争未亡人のような気分で過ごすしかないわ」

## 3

それから何時間か、キティは未亡人にはなれそうになかった。教養と資力がある女性の旅仲間、議員や紳士の秘書にも。こういうキャリア――この言葉の定義はよくわからない――を想像して時間を過ごすことはできず、かといって、ほかの何も手につかない。考えるのはただ、ニコラス・チェスターのために働きたい、彼の顔を見て、彼の声を聞いて……。

毎日、夜になると、つい観念的に考えて、自分とニコラスは民族共通の奇妙な病気にかかってしまったのだという思いにとらわれた。お互い正直に語ったように、罹患したのはこれが初めてではないし、今後もまたかかってしまうかもしれない。この抑えきれないとてつもない感情、世界中のほかの誰でもないたったひとりの人と一緒にいたいという欲望、それ以外のあらゆる思いをどこかへ追い払ってしまうこの激情はいったいどこからくるのか？　ニコラスのような人の心の箍《たが》をはずしてしまい、強い信念、主義主張をもぐらつかせた激情。彼はその信念を大きな夢にたどりつく船として、嵐のなかでも苦境のなかでも必死に守ってきたというのに。「誰も気づきやしない。もし気づかれたら、そのときはそのときだ。放っておけばいい」とさえ、彼はいった。

誰かをほしいと思う、その欲望は時代を問わず、男と女の人生を大きく変えてしまいかねない。

それが常識や主義主張、騎士道精神、ユーモア、文化、分別などに入りこめば、人が文明社会と呼ぶものは、継ぎはぎの板さながら割れて崩れてしまうのではないか。すべての動物が共有する抗しがたい欲望が満たされるには、そうなるしかないのかもしれない。岩の上の世界——哀れで熱心、賢くも愚かで、欠陥だらけの世界が崩壊するのだ。欲望が知性と繁栄の邪魔をして、人もほかの動物とたいして変わらなくなる。

眠りにつけないキティの脳裏に、さまざまな光景が浮かんでは消えた。乳を吸う愛の結晶を、ただただ満足げに見下ろす母親、穏やかでのんびりした妻の顔……。そこにあるのはすばらしく魅力的な、あらがいたくてもあらがえないもの。もしこれが消えてなくなれば、人間の数は減り、いずれ人類そのものが消えてしまうだろう。このひときわ大きな力から逃れて成熟する者はなく、人生の一時期、多くの人がこの力によって道を失いおろおろする。理性で左右できない本能。もしそれに耽り、溺れれば、夢や冒険、人生の好機、自由な社会——家庭生活を超えたさまざまなものに触れることはできなくなる。

ならば、結婚とは？　拘束、外界から遮断、青春の終わり、世界の隅々まで見ようという冒険心の抑制。ひとつの場所、ひとつの家で、子どもを養い育てる実直な暮らし。土地に深く根をおろし、やましいところがなく、保険に入り、成熟して安定した社会の一員となること。生があざ笑われることも、死がほほえみで迎えられることもない。生と死——重要ではあっても、厳粛とはかぎらない——を軽々しく扱うなどもってのほかとみなされる。

そんな地味でおちついた結末は、陽気で気楽な自由人にも訪れて、彼らはチャレンジ精神をしまいこみ、どっかと腰をおちつける。チーズのかけらがネズミを罠にはめるように、抵抗しがたい本能が男と女を呼び寄せて、この結末に至るのだ。

キティは考えに耽りながら、へこんだ枕を裏返し、また裏返した。自分は愚かさを嫌悪している。ニコラス・チェスターは自分以上に嫌悪し、憎悪といってもよいほどだった。愚かさは諸悪の根源であり、彼にとっては破壊すべきゴリアテ、人骨の上にしゃがむ盲目の野獣に等しく、村の草地で酒をあおる愚者などとうてい受け入れられない。しかしいまの彼は、野獣に捕らえられて逃げ出すことができずにいる。なぜなら、人を恋してしまったから。人間というのはなんて始末の悪い生き物なのだろう。キティ自身、明るく楽しかった生活が、秘めた苦悩によってぐらついて、危険に満ちたものになってしまった。

キティはこらえきれずに起き上がった。頭が熱くずきずきする。明かりをつけてペンを走らせた――「ニコラス、あなたの気持ちに変わりがなければ、わたしはいつでもあなたと結婚します」

便箋をたたんでサイドテーブルに置き、ゆっくりとまたベッドに横になる。恋しい思いはこらえきれず、閉じたまぶたから涙がこぼれた。なぜなら、手紙を投函することはけっしてないから。なぜなら、ニコラスも別れたほうがよいとわかっているから。彼はいまごろ、自分にいいきかせているだろう。愛する女性がいなくても、成功はつかみたい――。彼が信念に従って生きるチャンスを奪ってはならない。足を引っぱってはいけない。

神を信じることができたらどんなにいいか。祈りは慰めになるだろう。キリスト教徒であればよかったと、ときどき思う。虚しさを埋めることができるにちがいない。

しかし、なれないものはなれない。祈りを捧げることもできない。できることはただ、心を奮い立たせて陽気なピエロになり、人生に向き合うことだけ。痛む頭に鈴のついた帽子をかぶり、化粧をして涙を隠し、この部屋で従妹に、職場で同僚に噛みつかないことだ。とはいえこれが、職場ではなかなかうまくいかなかった。キティの怒りに触れた者たちは、ミス・グラモントは最近ずいぶん機嫌が悪いと噂しあっているらしい。タイピストたちも、キティの手書き原稿を読み違えるとか、些細な誤記で書類を突き返されるのにほとほと疲れている。キティさえもっと気をつけて下書きすれば、どれも防ぐことができるはずなのだ。

フラストレーションが怒りに変わると短気になり、かと思えば上機嫌、無礼でときに下品なまでの軽率な真似をする。そんなごたまぜの状態が、自分を奮い立たせるときの厄介な習慣になっていた。世の中には、沈没しかけている船のマストにまだら模様の旗をとりつけてしまう者もいるのだ。

## *4*

キティは将来を模索しながら、戦争未亡人や議員秘書になったらどんないいことがあるだろうと想像してみた。旅の同伴者、マケドニアやクレタ島の遺跡探検家、パンジーに指導されるレビューの新人……。どれにも良い面があり、現実には二か所から声がかかった。ひとつは〈ストップ・イット〉の編集補佐をしている従弟からで、編集部に加わらないかという誘いだ。

「視点を決めつけて、強要されない？　縛られるのはいやなんだけど」

「大丈夫。むしろその逆だ」

「わかった。じゃあ、少し考えさせてもらうわね」なかなか魅力的なお誘いに思えた。

そもそも、ストップしたいものをほのめかすだけで愛読者は納得するのだから、厳密な意味での視点の強要はないだろう。

〈ストップ・イット〉はとりあげる分野が広く、思想と運動・活動関連の種々の組織から、中止すべきと思えるものをとりあげている。キティが読者として感じる疑問は、もし〈ストップ・イット〉が気ままにあれもこれもやめろといいつづけたら、あとには何が残るのか？

「何もないね」と、編集長ならいうだろう。「白紙の状態になる。それはそれで、やめろということができる」

〈ストップ・イット〉は読者にこう発信した――「たとえ暗号めいた言い回しであろうと、〝ストップ〟されるべきものは、いまや推測可能となった」体よく具体名を避けながら国土防衛法《ドーラ》を指しているのはいうまでもない。長続きするかどうかは疑問だが、いまのところは順調らしいから、キティは加わってもよいような気がした。

安定した官僚組織を飛び出して反乱軍の仲間入りをすることに、抵抗感はまったくない。これまでも、さまざまな状況で自分の居場所を見つけてきたのだ。人間というのは複雑で、求めるものも種々様々だから、こういう生き方が妥当かもと思う。どうせ一度ですべてを満たせないなら、その時々で可能なものを選べばいいのだ。同じことは政治団体にもいえ、トーリー党と急進派、労働党は柔軟性に欠けるというか、月曜日に主張の一部がぶつかってうまくいかなければ、なぜ火曜日におちついて、再度意見を交換しないのか。マクドナルド[*1]とカーゾンも、奇をてらうのではなく、本質的な必要性からお互いの演説を引用したってよいはずだ。マシンガム[*2]とマクセ、ガーディナー[*3]とグウィン、スクワイア[*4]とストレイチー、ガーヴィン[*5]とスペンダーも事務所や刊行する新聞を交換しあったりすることはないし、ランサム[*6]とグレアムがロシアの旅行中に投稿先を入れ替えた様子はない。

　中央集権を好み、強権に挑む少数意見を無視する非民主的な考えをもつ者もいるだろう。どんな人にもチャンスを与えるという真の民主的発想ができない人たちだ。そういう人は『詩篇』の一節をもじって「わたしの心は定まっている」とか「わたしは道を選びとり、その道を走りきる」などといい、人によってはこれすなわち真の自分の発見であるとのたまう。たしかにそうかもしれないが、そのときはほかにもたくさんある自分を捨てて、失ってしまうのだ。ほかの自分を否定しつづけて徐々に縮こまらせれば、おそらく人生は単純化される。

　キティはしかし、心が定まっていないので、どんな考え方でも否定はせずに、異なる景色のなかにも入っていけた。もちろん、それに縛られるのは御免だけれど、〝ストップ〟すべきと思えば堂々という。

キティはヴァーノン・プリドゥに〈ストップ・イット〉に加わるかもしれないと話した。「おいおい。よりにもよって……。あそこは方針を誤っているよ。やめろやめろといったところで、つづくものはつづいていくんだ。報道の仕事がしたいなら、〈インテリジェンス〉がいいんじゃないか？」これは脳務省の週報で〈国民、でなければ脳務省は〝病んでいる〟とみな

＊1――ラムゼイ・マクドナルドとジョージ・カーゾン。マクドナルドは一時期、労働党の党首。カーゾンは保守党員でインド総督を務めた。

＊2――ヘンリー・マシンガムとレオポルド・マクセ。マシンガムは急進的な週刊新聞〈ネイション〉の、マクセは保守的な雑誌〈ナショナル・レビュー〉の編集者。

＊3――アルフレッド・ジョージ・ガーディナーはリベラルな視点で知られる〈デイリー・ニューズ〉の主筆、随筆家。グウィンは保守的な〈モーニング・ポスト〉紙のハウエル・アーサー・グウィンと思われる。

＊4――ジョン・コリングズ・スクワイアとジョン・セント・ルー・ストレイチー。スクワイアは詩人・批評家で、一九一八年時点では左翼系の週刊新聞〈ニュー・ステイツマン〉の編集者。ストレイチーは保守的な〈スペクテイター〉の編集者。

＊5――ジェイムズ・ルイス・ガーヴィンとジョン・アルフレッド・スペンダー。ガーヴィンは一九一八年時点で左翼系の日曜紙〈オブザーバー〉の編集者。スペンダーは自由主義的な夕刊紙〈ウェストミンスター・ガゼット〉の編集者。

＊6――アーサー・ランサムとスティーヴン・グレアム。ランサムはロシア革命のレポートを急進的な〈デイリー・ニューズ〉に、グレアムは〈タイムズ〉に寄稿した。

した誰かが、ふざけて選んだタイトルらしい）、省の活動や決定事項が掲載されている。これで地方支所の活動と本省の足並みが揃い、地方の住民の様子もレポートされた。もちろん、一般に配布されるものではない。

「どうだ？」ヴァーノンは名案だと思ったらしい。「新天地としてふさわしいんじゃないかな。地方をまわって短い記事を書く旅行記者が足りないといっていたから、ちょうどいい。よかったら、ぼくからＭＢＢに話しておくよ」制作部署はＭＢＢなのだ。

「面白いかしら……」キティの言葉にヴァーノンは、少し間を置いてからうなずいた。

「脳務省との縁も切れずにすむから、その気になれば復帰も可能だろう。いささか、きみがうらやましいな。元気でにぎやかな時代になったんだから、せいぜい楽しまないと。今月末までには合同機械工組合ともけりがつくようだし、低知能嬰児部の受講免除もおそらくね。ただ新聞記者連中は……まったく困ったもんだ。いやいや、記事を書く仕事自体はきっと面白いよ。ともかく、大臣があそこまでうまいご機嫌とりでなかったら、見通しは暗くなったにちがいない。ニコラス・チェスターなら、たいていのことはのりきれる。戦時中に徴兵制を統括していたら、免役《めんえき》を願い出る者も減っただろう。ところで、〈インテリジェンス〉はどうだ？」

「わかった、雇ってもらえる可能性があるなら。どんな仕事でもかまわないのよ、このホテルから出ることさえできれば」

ヴァーノンの推薦があり、キティは〈インテリジェンス〉の旅行記者として、MBBの制作部に異動した。〈ストップ・イット〉には国の機関紙にはない独特の面白さがあるから、後ろ髪を引かれる思いもなくはなかったが、旅のレポートには期待がもてる。地方支部から届く重い報告に加え、〈インテリジェンス〉には安い日刊紙のような短い地方記事も掲載されるのだ――「女性はカックフィールド裁判所に知力育成講座の免除を申し出た。無資格で結婚し、双子を出産した自分は、育成講座の効果がない知能レベルと思われる、という理由からだ」「アマーシャムとチェシャムボアの境界にある排水溝で、嬰児が三人発見された」「エセックス農業組合は、一年を通じて毎日卵をひとつ産む鶏の品種を開発した。知力育成講座の効果で、頭脳明晰になったおかげだと、組合は語っている」「知的能力促進法の適用除外職を申請したブリキ職人に対し、マーガム裁判所は――（判事の機知に富む考察一点のみ記載）」等など。

旅行記者はノッティンガムの困窮状態やサフォークの農民の知能レベルなど、重要な記事を書く（またはでっちあげる）だけでなく、このような小さな出来事も伝えるのが仕事だ。

キティはアイルランドにも行ってみたかった。とても魅力的でありながら何をやらかすかわからない地域で、ほかの法律と同様、知能関連法も適用外になっている。ただ、キティのような人間をアイルランドに送っても問題ないかどうかは、制作部の上司がじっくり見極めるだろう。また、政府が安全とみなした人びとは育成講座を自由に受講してもよいのだが、農民たちは聖職者に、そんな不浄な学問はよしなさい、悪魔になる、と諭されているらしい。とはいえ全体として、脳務省が示した知能向上の方針はアイルランド問題の解決につながるように思われた（現在、どのような問題があるかは記さないでおく。傾向や内容は異なれど、アイルランド問題はつねにあるので）。

## 5

キティの担当はアイルランドではなく、イングランド地域になった。皮切りはケンブリッジ、知能の向上をいとわない町だ。頭脳がいかにたいせつかを知り、空気には理性の香りが満ちている。トリニティ・カレッジで青春時代を過ごしたニコラス・チェスターの愛する町でもあった。知能関連法の取材地としては申し分ないが、キングズ、ダウニング、トリニティ・ホールの三つのカレッジは、それぞれ異なる理由で多少混乱し、バーンウェル周辺には不穏な風が吹いている。また、大学内にはストップ・イット連盟の支部があったが、現在の批判対象は脳務省ではないようだ。

キティにとっては、初めて見るようなケンブリッジだった。戦前のケンブリッジなら知っているが、戦争という荒れた川が町を、大学を二分して、その片岸にはまったく新しい光景が広がっていた。若者の半数は退役軍人で、用心深そうな目つき、あるいは捨て鉢な態度から、赤い地平線や激闘、殺害、死体を熟知していることがうかがえる。ぶらつく若者も、講義に急ぐ若者もつまずいたりよろめいたりし、その様子は苛立ち、倦怠、疲弊そのもので、学業に集中できそうには見えない。学んだことは忘れてしまい、試験にも不合格、いますぐにでもベッドで――戦地の寝台ではなく、道端の椅子でもない、やわらかいベッドで眠りたがっているようだ。

あとの半数はごくふつうの学生だが、二者の間には大戦の川が流れて、向こう岸をながめながらこちら岸をかえりみることができないようだ。

もともとケンブリッジ大学は歴史と決別していたから、いまも両岸ともが過去や伝統には目を向けていないだろう。過去にそれをやったのは、いったん大学を離れ、後に指導教員や研究員として復帰したごくごく一部の者だけだった。それも亡霊のごとく存在するだけで、数えるほどもいない。

ともあれ、どこから見ても、ケンブリッジには新たなページが加わっていた。はたしてそこに、これから何が書き込まれていくのか――。

いや、いまのキティは、脳務省がらみのことのみ考えればよく、新ケンブリッジの物語はいずれ誰かが書いてくれるだろう。そのときは読みごたえのある内容になるにちがいない。

キティはケンブリッジシャーの町々をめぐった。この地域をイースト・アングリア（東のアングル人の地）に含めるには違和感が残るが、おしなべて波風なく平穏だ。

ここと正反対なのが中部地方、それも北方の町々だった。政府への批判が激しく、継続的に捌け口を設けなければ反乱に至りかねない。そのため協議会が催され、侃々諤々《かんかんがくがく》の議論がなされるのだが、腹をわった話し合いが凪をもたらすとはかぎらなかった。とはいえ、そこにチェスター大臣が加わると、反対者も冷静に考えはじめ、場はおちついた。大臣はいう——知性はきわめて重要である。目先の自由より、目先の欲望の満足より、はるかに重要である。知性はかけがえのないものであり、知性の向上は祖国を愛する心や真の自由、平和、民主主義、八時間労働制などを導く原動力になる。

参加者たちはそんな彼の言葉を信じた。また大臣は、知性の欠如がもたらした亡国、不況、戦争、独裁、貧困、過重労働の例を挙げ、参加者は大きくうなずく。

「ヨーロッパ大戦をふりかえってみましょう」と、チェスター大臣はいった。「何世紀にもわたり、ヨーロッパ各地が愚かでありつづけた結果の戦争であり、賢明であれば避けることができました。わたしたちが知性を磨けば新たな戦争は起きず、愚かなままでいればまた戦争に突入するでしょう。たとえ国際連盟があったところで」

聴衆は喚声をあげ、拍手した。

チェスター大臣は各地をまわって熱く語り、労働者たちの心をつかんだ。出来の良い政治家は労働者を恐れておおいにもちあげ、いいくるめようとする。大戦後の労働者層は、戦前よりもいっそう手ごわい相手となった。彼らは大戦で武器の使い方を学び、人間が武器を持ったときの力、そこから生まれる可能性の大きさを知ったのだ。

# 第九章　平々凡々

## 1

七月末、キティはチェスターフィールドの協議会でニコラス・チェスターの姿を見た。〈インテリジェンス〉の記者として、ダービーシャーの記事を書くために参加したのだ。大臣はいつもながら雄弁をふるい、炭鉱労働者を中心とする参加者は聞き入った。

いやに暑い日で、役場の会場の空気は淀み、蒸し蒸しし、泥や炭で汚れた顔は一様に険しい。キティは普段より薄着で来たのだが、それでも汗がにじみでた。チェスター大臣も汗をかき、熱く語りつつも疲れと苛立ちは隠せなかった。キティは机上に置いた彼の手がおちつきなく動くのを見ながら、同じように疲れ、いらいらした。

チェスター大臣は、不認可の子の税金をまかなうための賃上げ要求について語り、その途中でキティに気づいて言葉が途切れた。そしてやや間をおいて、「法の目的に反します」とつづけてから顔をそむける。

キティはちょっと驚いた。言葉が途切れるなど彼らしくないからだ。人前で話すのはおてのもので、野次にも慣れ、緊急事態だろうと冷静でいられる人が言葉に詰まるなど、よほど神経がはりつめているとしか思えない。キティはキティでこの暑さのなか、列車で移動しては宿で原稿を書く毎日に疲れきり、神経がぴりぴりしていた。

会場の正面に見えるのは、痩せてぐったりした姿、おちつきなく動く指、汗が浮いた白い顔、弓なりの眉、そしてほほえみ――。

最後に話してから、ずいぶん長い時間が流れた。キティのなかで何かが沸き上がってめまいがし、頭がぼんやりする。危険なほど蒸し暑く、すべての思考が溶けだして、歩くのさえつらい。彼も、ニコラスも、同じように感じているだろうか……。

## 2

彼は話の終わりかけにもう一度、キティに視線を向けた。「待っていてくれ」と目で頼む。

キティは会場の出口の外、小さな集団の前で彼を待った。大臣は秘書や市長と話しながら出てくると、彼女を見てためらわずに立ち止まり、声をかけた。

「やあ、ミス・グラモント。久しぶりだね。この会の記事を書くのだろう？　少し説明したいことがあるんだが、よければ宿を教えてくれないか？　三十分ほどで行けると思う」

キティはリトル・ダークゲイト通りにある宿の住所を伝え、彼はうなずいて立ち去った。周囲の者は疑問を抱かず、仕事の話だと信じこんでいる。大臣は擬装にも長けていなくては務まらない。情勢や状況にベールをかけてごまかすのも仕事のひとつなのだから。

キティは宿にもどると、顔と手を何度も洗った。少しでも涼しくなって、少しでも顔色をとりもどし、頭をすっきりさせたい。もっと薄手のブラウスに着替えてもみる。ところがなんと、体は熱くなるばかり、頭もぼうっとしたままだ。

ニコラスは九時半にやってきた。汗をかいてぐったりし、薄い上着でも不快でたまらない様子。

「キティ……キティ」言葉はそれだけで、しばらくしてからようやくこういった。

「頼むよ、キティ。結婚しよう。こんな状態はもう耐えられない」

「ええ……そうね、そうしましょう」あまりに暑く、あまりに疲れて、ほかのことは考えられなかった。

「すぐ結婚しよう。許可証をもらってくるよ。式は誰にも知られない辺鄙な場所で挙げればいい。チェスターの名前は変えないとだめだな……。そうだ、チルターン丘陵なら何度か行ったことがある。住民はみんな知能レベルが低い。おそらく、いまでも」悲しげなゆがんだ笑み。「あそこなら安全だろう。だがもう、いちいち気にしてはいられない。なにがなんでも結婚するんだ」

窓をすべて開け放しても、部屋は暗く蒸し暑い。ふたりは声をおとして話した。

「きみとずっと一緒にいたい。この三か月、そのことばかり考えていた。こんな思いは初めてだよ。苦しい、おぞましい毎日だった」

「ええ、とてもやつれて見えるわ。わたしもきっとそうでしょう？　炭鉱の町の埃と暑さ、疲れのせいもあるし、あなたには大臣としての重い責任感も。それに、会えなかった悲しみも少しはね。なんだか疲れきって、まともなことはいえないけど、結婚するべきじゃないのはわかっている。でも……あなたと同じ。もう気にしてはいられない。あなたのいう丘陵で式を挙げましょう。偽名を使うのね？　だけどそれでうまくいくかしら？　いいのよ、わたしはどっちでも。なんなら、結婚の届け出はしなくてもいいわ。たいした違いはないでしょう。むしろ手間が省けるわ。わたしたちさえ納得できればいいんだから」

「いや、それはだめだ。法的手続きは省略しない。社会倫理の問題だよ。無視すれば、自制心と理性の欠如した蛮人と変わらない。手続きを踏まない者もいるにはいるが、時代に逆行というか、文明から後退したように見える。だからちゃんと届けは出そう。それよりもっと危険なのは世間の目だ。破るルールはひとつにとどめておきたい」

キティはほほえみ、彼の手を握った。

「はい、わかりました。国の規則どおりに届け出て、精いっぱいルールを守りましょう。あなたに危険を冒させたくない。キャリアが台無しになって、たぶん脳務省も潰れて、国の知性があやうくなったら……また世界大戦が起きて……。ううん、もういいわ、優等生でなくても」

「いまさら優等生にはもどれないよ。先に進むしかない」

ニコラスは手帳を開いた。八月十日は休みなのでこの日に式を挙げ、二週間ほど休暇をとってイタリアで過ごすことにする。ほかにも何点か打ち合わせ、ニコラスはホテルへ帰っていった。

炭鉱の町は、暑く湿った息苦しい夜に包まれている。キティは窓にもたれ、通りを急ぐニコラスの靴音に耳を傾けた。頭がずきずきし、湿った黒髪を何度もかきあげる——いいのよ、これでいいの。ほしくてたまらないものが手に入らない人生なんて、つまらないでしょ?

これは民族に通底する本能かもしれない。社会的、倫理的改革を訴える者たちの努力も、結局こうして踏みにじられるのだ。

## 3

ニコラスとキティは結婚した。ニコラスはギルバート・ルイスという偽名を使ったが、驚くほどすんなりと受け入れられた。立会人は立会人の役目として彼をじっくり見ていたものの、登記係も含めて知的な印象はなく、ニコラスのことをすでに知っているかのような接し方だった。

式の後、ふたりはイタリアへ旅した。八月のイタリアに英国人旅行客は少ないから安心できる。ジェノヴァの町から十五マイルほど離れたコゴレート、海とオリーブの丘にはさまれた小さな港町に滞在する。内陸から来た避暑客が、宿やキャンプ小屋、海岸のテントでのんびり過ごしていた。英国も海に囲まれてはいるものの、ここの広々した海とは比べものにならない。

チェスター夫妻は水陸両生の日々を送った。早朝に目覚めては、まだ熱くない砂道を下り、朝日に輝く穏やかな海で時間を忘れて泳ぐ。キティも泳ぎは得意だったが、さすがにニコラスは力強くて速い。遊びが得意なのはキティのほうで、ウナギのように宙返りをし、海底にすわって小石をいじり、目を開けて澄んだ緑の水面を見上げたり。ボートの船首から飛び込んだかと思うと、たちまち船尾のほうから顔を出したりもする。ニコラスも負けじと縦横無尽に泳ぎ、遊び、ふたりの様子にほかの海水浴客は驚きと称賛のまなざしを送った。彼らはせいぜい波打ち際で跳ねたり、浮袋をつけて海岸ぎわを泳ぐくらいだ。ニコラスとキティは一マイルほど泳ぐと、ぷかぷか浮いて美しい青空をながめた。日差しが強まり、空がまぶしくなると浜辺へ、宿へ帰って、最低限の服だけ身に着けて朝のコーヒーを飲む。あとはランチを食べながら岸辺を歩き、岩影の小さな入江におちついて、海に入ったり海から出たり、のんびりと気ままに過ごした。浜辺に寝そべって他愛のない話をし、ときには読書をすることもある。日差しがやわらぐ遅い午後には、波もゆったり穏やかで、少し遠くまで泳いだりもした。背後の急勾配の斜面には石畳の馬車道があり、そこを上っていくとオリーブやレモン、オレンジの果樹園が広がって、さらに進むと熟したブドウ園に出る。白い小さな農家が散在し、その向こうには松の林とごつごつした岩の斜面がそびえ、海風がギンバイカやビャクシンの香りを運んでくれた。

ふたりは湾を守るように連なる丘のどれかを選んでは上った。頂《いただき》まで行くと腰をおろして、夕陽を浴びた水面や丘をのんびりながめる。東にはジェノヴァの町が、清らかな海と夕空にはさまれて真珠のごとく、あるいは亡霊さながら白くきらめき、西には赤々とした落陽を背にして漆黒のサヴォーナの岬が見えた。

よく上ったのは松林の丘で、頂上には古い滑車の井戸と小さな礼拝堂がある。礼拝堂は「海の聖母」に捧げたもので、危険な航海から帰還できた船乗りたちが奉納したのだろう、小さな船の模型がいくつも吊るされていた。外にはイエスを抱いた桃色の聖母像があり、母子は足もとのしおれた切り花をやさしく見下ろしている。

ニコラスとキティはその像と井戸のそばに腰をおろした。時は静かに流れ、夕闇が迫ってきても、頂のふたりだけは魔法をかけられたかのように、黄金色の輪のなかで輝いた。

ある日、ふたりがそこにすわっていると、いかにも愚鈍そうな農民が礼拝堂から出てきて物乞いをした。しかしニコラスは、顔をそむけて相手にしない。農民は礼拝堂の前をうろうろし、わけのわからない祈りを口にして、お辞儀をしたり、十字をきったりしたものの、見込みはないとあきらめたのだろう、何やらおかしな歌を口ずさみながらよろよろと斜面を下りていった。

キティがふりむくと、ニコラスは頬がひくつくほど険しい顔をしている。

「よほどああいう人たちが嫌いなのね」

「ああ」彼はそれだけいうと、話題を変えた。

するとしばらくして、突然こんなことをいった。

「家族のことや、どんな育ち方をしたかは話したことがないだろう?」

「そうね。だけど、過去は過去。あなたは未来に生きて、わたしはいまこの時に生きている。気が向いたら話してくれればいいわ」

「さっきのような、いかにも愚鈍な奴を見ると思い出すんだ」苦々しげに。「双子の妹を。兄も似たようなものだが……。そんな家族がいたらどんな思いがするかは、経験者にしかわからないよ。子どものころは、妹のジョーンと兄のジェラルドがかわいそうでたまらなかった。こんなことがあっていいのかと怒りすら覚えた。自分ひとりでは何もできず、誰の役にも立たない。家族に迷惑をかけるだけでね。マギーも右往左往していたよ。そうだ、長女のマギーはいずれきみに紹介しよう――。ともかく、ふたりを森に置き去りにしてはどうかと、マギーにいったことがある。そうしたほうがむしろふたりのためになると、本気で思ったからだ。しかしマギーは反対した。じつに辛抱強い人でね、何に対しても。

それから何年かたつうちに、今度は両親に怒りを覚えた。両親は、いとこ婚で、子どもをつくらないほうがいいといわれていたはずなんだ。結婚や家族、知能についてじっくり考えて、父に尋ねたことがある。たしか十七歳のときだった。当時、父は主席司祭だったから、こんな家族をつくって良心の呵責はないのかと訊いた。まったくね、生意気な若造だよ。ふりかえると、つくづくそう思う。父は冷静に、おまえは自分の領域を踏みはずしている、何事も神の摂理である、ゆえに正しい、といった。すぐには納得できなくてね。家族をつくると決めたのは神じゃなくて父さんと母さんだろ、だから正しいとはいいきれないんだと反論した。父は話をやめ、会話のない状態はしばらくつづいた。父と議論するなんてとうてい無理で、いまだってそう簡単にはいかない。

以前より条件が緩くなったのか、父はいまじゃ主教だよ。何十年か前に神の恩寵を受けていたら、父もべつの家族をつくっていただろう。が、ともかく現実にはきわめて知能レベルの低い子をふたりつくり、もうひとりは彼らと一緒に育ったせいで、知能の低さを嫌悪する人間になった。いまではほとんど強迫観念で、知能レベルが低すぎるとあらゆるものを台無しにし、あらゆる道を塞ぎ、あらゆる人をがんじがらめにするように思えてしまう。

ボーア戦争が始まって、ケンブリッジに入ってからもずいぶん考えたよ。頭から離れない疑問は、人間だって動物で、ほかの動物と同じところはいくらでもあるというのに、頭脳はすばらしく、驚異的なまでに発達しているということだ。人間が野性状態から抜け出してやりとげたこと、発見したもの、創造したもの……。それを考えると頭がくらくらしてきたよ。そしてここまで賢くなれたのなら、もう少し、賢くなってもいいんじゃないか、なぜ賢いはずの人間がとてつもなく愚かなことをやってしまうのか——。知性は浪費されていると思った。力を極限まで掘り起こせば、世界は望む方向へ進めるだろうに、人間はしょっちゅうヘマをして、得られるはずの収穫を得られない。何千年にもわたり、利口なやり方で小屋を管理してきたはずなんだ。ところがあちこちの小屋をのぞいてみたら、どこも散らかり放題。料理、掃除、洗濯、育児は全部手でこなし、道具といっても時代遅れのものばかり。なぜ人間は、下等でぶざまな散らかり放題から抜け出す道を考えないのか？　そんな小屋がいまだに残っているのはなぜなのか？　ほんとうに頭がいいなら、もっとましな小屋を建て、管理できるのではないか？　なにも小屋にかぎらない。たとえば医学。その進歩には目を見張るものがあるが、どうして死病はなくならない？　すべての病気に治療法がないのはなぜだ？　専門分野をわずかにはずれただけで、なぜ絶望的な誤診をする？　要するに、ある意味では賢いが十分に賢くはない、まだまだ向上の余地があるということだ。

いまのところ、政治家と政府は賢いなんていえたものじゃない。教育については……まったくね……他人の頭が良くなるのをいやがるのは困ったものだ。いつまでもいやがっていると、自分自身の頭がいつまでも良くならない。きれいなものを汚したいとか、見つけたものをついポケットに入れたまま忘れてしまうとかも、大衆的な本能といえるよ。文学や政治、科学、芸術、宗教の上辺の下らなさは、大衆の嗜好、知能レベルに迎合したものだ。

なんだか話が長くなったな。どうして知力について考えるようになったかを説明したかっただけなんだが」

「いいのよ、もっとつづけても。講義を聞いているようで楽しいわ。でも、あなたのご家族がそういう状況でなかったら、脳務省は存在しなかったかもしれないわね。お父さんのいうとおりで、何がいちばん良いことなのかは……。ねえ、人間がいまよりもっとずっと賢かったら、どうなったかしら？　小屋は整理整頓されて、病気の治療はもっと進んで、交通機関は発達し、中身の濃い本が出版される。あるいはまったく出版されないか。大衆の知能レベルがいまよりずっと高かったら、どんな国や政府、社会ができるかしら？　想像もつかないけれど、喧嘩や騒乱はなくならない気がするわ。きっと、そう遠くないうちにわかるわね」

「いや、そんなに簡単にはいかない。騒乱があるのは間違いないだろうが、知能が不十分だから騒ぎたてるんだ。十二分であれば、そんなことはしない。本質的価値をもつものに反旗を翻すのは、近視眼的な愚かさゆえだ」

「たとえば、わたしたちのような？」

「そうだな。近視眼的な愚かさの典型かもしれない。自分たちの行為に目をつむってはいけないからね。だがそれでも、やるときはやる。価値があると思えばやりぬくんだ、しっかりと目を見開いて。うれしいことに、このふたりは頭脳明晰で頑固だから、へたなごまかしで自分たちを正当化したりはしない。きみに惹かれた理由のひとつは、聡明さだ。屁理屈はいわない、混乱しない、感傷的でもない。それに頑固だしね。洞察力もある」

「というか、何に対しても斜に構えるから」

「まあ、少し構えすぎのところもあるかな。信念を貫く気持ちがもっとあってもいい」

「ええ、あなたを見習うわ。ニコラス・チェスターは信念の人だから。この夫にしてこの妻あり――。とはいっても、あなたの頭の良さは、わたしの比じゃない。あなたのいうことはたいていいもの。わたしたち、ずいぶん違うと思わない？」

「同じ人間なんて、いやしないよ」

それからはしばらく静かに横になり、丘の緑の頂はたそがれの静寂に包まれた。ふたりは顔を見合わせて、さまざまなことに思いをはせる――人はどうして違うのだろう、長い歳月で重ねられ引き継がれた遺伝の力、だから人間をひとつにまとめて抑えこむことなどできない、けれど人はみんな、小さくて平凡なひとつの魂でまとまってもいる、どんなに大きな力でもその魂を潰すことはできない。

そんなことを考えているうちに、いつの間にかふたりは見つめ合うだけになる。ニコラスはキティの赤い唇、輝く瞳、長くて黒いまつ毛、小麦色に焼けた肌を見つめ、キティはニコラスの引き締まった顔、黒い眉毛、深く鋭く熱い瞳、悲劇や喜劇を予言する口もとを見つめた。

「面白いわね。あなたはあなた、わたしはわたし。世界の始まりからきょうこの日まで、こんなに面白いことはなかったかもしれない。何百万、何千万という人が、いまきっと同じ思いでいるわ。わたしもあなたも、そのなかのひとり。どこにでもいる平凡な人間。わたしは平々凡々でいいわ。そっちのほうが楽しいもの」

「ああ」やさしくほほえむ。「そっちのほうがいい」

あたりはこの上なく甘く静かだった。キティの頬の下で緑の草が温かい。すぐそばではセミが鳴き、遠くではカエルたちが夕暮れの歌をうたいはじめた。

キティはときどき、いまこの時、この場から、自分自身から、離れてしまう感覚に陥ることがある。そしてはるか遠くへ行って、宇宙の片隅をながめるのだ。あちらにこちらに愉快な世界、人びとは楽しく遊び、笑い、涙を流し、走り、眠り、愛して、怒って……。宇宙の片隅では、どれもとてもたいせつなこと。けれど、はるか遠くからながめれば、どれもたいしたことではないように思える。世界のいたるところでくりひろげられる怪奇で滑稽なドラマを、冷たく、温かく見やりながら、キティは自分には魂がないような気がした。でなければ、魂はとっくに死んでしまったか……。

頬にニコラスの手を感じ、キティは現実の世界にもどった。

「そろそろ丘を下りないか？　ずいぶん暗くなってきた」

## *4*

ふたりとも心臓が止まりかけた。泳いでいるとき、海上の小舟に知り合いの男がいたのだ。

その日、キティとニコラスは朝陽にきらめく穏やかな海に出て、一マイルほど泳いでいた。半マイル先にはヨットが浮かび、風景画さながらまったく動かない。するとそのヨットから小舟がおろされ、男が漕いで近づいてきた。キティとニコラスはぷかぷか浮いて、足で水面に光るしぶきをあげている。キティはコリントスの山のヤギさながら、のんびりと鼻歌をうたっていた。

小舟の男はオールから手を放すと身をのりだし、大声をあげた。

「おはよう、チェスター大臣！」

キティの全身が凍りついた。あの声は、ヴァーノン・プリドゥ。まともに考える余裕はなく、キティはくるっと回転すると水を蹴り、イルカのようにもぐってニコラスから、ヴァーノンから離れていった。

しかし思わず笑いが漏れて、勢いよく水上に顔を出す。肩ごしに見ると、ニコラスは小舟のほうへ泳いでいた。彼は何を話すつもりだろう？　キティのことは黙っている？　ヴァーノンは彼女に気づいたか？

——気づいたにきまってるわ。あわてて逃げたのは大失敗。

キティはふつうに堂々と泳いで小舟まで行った。

「おはよう、ヴァーノン。最高の朝じゃない？　わたしがもぐって泳げるのを見てくれた？それにしても、あなたがここまで来たのは……。あ、そうね、あのヨットで来たのよね」話をどんな流れにもっていけばいい？「奇遇つづきだわ。チェスター大臣の宿もわたしの宿もこの近くなの」

ヴァーノンの上品な、礼儀をわきまえた表情に驚きがよぎってすぐに消えた。

「へえ。ここは最高の避暑地だからな。コゴレートの宿か？　残念だが、寄れる時間はないな。ぼくらはまっすぐジェノヴァへ行くから。では――」

ヴァーノンは小舟から海に飛びこんだ。書類作成、議員の相手、不自然な状況に遭遇しても追究しないなど、彼はすべてにおいてそつがない。人は有能な彼に臆するどころか、彼に任せておけば問題ないことをちゃんと心得ていた。

三人は泳ぎ、もぐり、ときに会話を楽しんだ。キティはそろそろ朝食の時間だから帰ると告げて、岸へ向かってひとりで泳ぐ。ふりむくと、ヴァーノンは小舟にあがり、ニコラスは西のほうへ泳いでいた。まるで宿がヴァラッツェにあるかのように。

下劣な企てをしている者は、えてしてこういう芝居をしがちだとキティは思う。自分たちの結婚もそれと変わらず、できればヴァーノンに打ち明けたかった。口が堅い人だから、その点の心配はない。彼の表情を見て、彼の意見を聞きたかった。おそらく厳しい言葉が返ってくるだろう。きっと、ほかの誰よりも。結婚は隠すべきではない、といった程度ではなく。たとえつらい言葉でも聞いてみたいと思った。

キティとニコラスは宿で朝食をとった。

「疲れたでしょう？　ずいぶん遠くまで泳いだはずだから」キティは彼をねぎらった。「ヴァーノンは、あなたにもわたしにも宿の名前を聞かなかったわね。ヨットに誘いもしなかったし。わたしたちの言葉を信じたかしら？」

ニコラスは眉をぴくっと上げた。

「彼の知能レベルはAだよ」

「だけど、結婚したことは知りようがないでしょ？　密会くらいには思ったかもしれないけど。慎重な人だから、よけいなことは口外しないわ」

ニコラスはロールパンをひとつと半分食べたところで、淡々といった。

「遅かれ早かれ、知れてしまうよ。覚悟しておくほうがいい。きっとまた誰かに会い、会った人間がみんな口が堅いとはかぎらない。いずれはわかってしまう。春になれば花が咲き、週があければクライド社のエンジニアがやってくるのと似たようなものだ」

ふたりはコーヒーとパンごしにしばらく見つめ合ってから、あきらめたように力なく笑った。

それから三日後、ふたりは帰国した。もちろん、異なるルートで別々に。

# 第十章　崖っぷちの脳務省

## 1

脳務省は厳しい秋を迎えた。

多くの職員が、なんらかの理由をつけて後日の解雇をいいわたされ、彼らはそれがいつになるのか、びくびくしながら待っていた。十世紀後半の先祖たちも、同じように最後の審判の日を待ったのだろうが、彼らの心情はいまとなっては想像するしかない。心にも記憶にも鮮明なのは、宣戦布告の可能性に怯えた一九一四年の夏だろう。一方、総辞職を予想する内閣、廃止を予感している貴族院、判決を待つ犯罪者、廃刊を回避したい新聞社、沈没した船から生き延びようとする船員たち、時ならぬ終焉を感じている省庁の思いは、ベールで覆われた謎、大衆が踏みこんではいけない聖域だった。

この秋、脳務省は存続をかけて戦っていた。非常に苦しい戦いで、たとえるなら、ギリシャ神話で大岩を山の上に押し上げるシシュポスだ。ただし、大岩は人間の邪悪さ、愚かさ、身勝手さという岩で、シシュポスの罰と同様、岩は頂上近くからふもとへころげおち、何度もやりなおすしかない。たまにうまくいくことがなくはないものの、ここで譲歩、あそこで誓約という具合なのだ。毎日のように新しい指示書が出され、古い指示は修正されたり撤回されたりし、多種多様な団体や階級の間で広範かつ複雑な取り決めが結ばれる。全国各地に〝小さな省庁〟が設置されて法令を管理し、政務次官によって秋の枯葉のごとくまき散らされた慰安の返信や約束事は、あちこちの部局で集められ、ため込まれ、熟考された。足元の危ない省庁の、このような月並みで哀れな出来事を個別に記すのは時間の無駄だろう。

省庁は一般に、息の抜き方は違っても、痛みや苦悩はほぼ似通っていて、どこもそっくりの手法を使い、素直には喜ばない国民をなんとか喜ばせようと甘い言葉を投げかける。国民は政府機関を最悪の目で見がちであり、彼らの善意に対しては情けも想像力もなく、過失がないか目を光らせ、成果はなかなか認めずに、甘い言葉の意味を見極めないまま、失敗すればたちまち非難する。

国の機関にとってつらいのは、人民に差し出した手は敵視され、人民は彼らに敵意の手を返すことだろう。恩を仇で返すことはあっても、仇を恩で報いることなどそうそうない。ただ、忘れないようにしたいのは、いかに欠点があろうと、役人は役人を批判する大半の者よりも知的で善意に満ちているということだ。批判者たちは〝奴らを追い払え〟と叫びはするが、国に不可欠な仕事をやりきるもっと有能な人間がいるかどうかは考えない。

そして脳務省の場合、大多数の国民がその存在意義に疑問をもっていることが事態を複雑にした。戦中の徴兵局や検閲局、食糧省と同様で、やり方はもちろん、役割そのものに拒否感があるからだ。法によって兵士にさせられ、書物や食糧が法によって規制されるのがいやなのと同じく、法の定めで頭を良くしたいとは思わない。こういうことはどれも、国家の〝究極の善〟のためかもしれないし、実際にそうだったのかもしれないが、当座は不自由で不便で、かならずしも自分個人の善になるとはいいきれない。当座の快適さが失われるなら、それははたして真に〝究極〟の善なのか。

というわけで、脳務省は苦戦を強いられた。どの部署もてんやわんやで、朝から晩まで電話は通話中、事務官はペンを置く暇すらなく、タイピストは時間に追われてタイプする。派遣団が派遣され、委員は委員会を開き、高官は高官会議をやりまくって、文書送達吏が緊急の議事録や文書を四方八方へ送達。指示書や回覧書はあふれんばかりで、電報が次つぎ地方の支所や裁判所の脳務省職員に送られた。職員は早朝に出勤して残業し、日曜もちょくちょく返上、痩せて消化不良でぴりぴりカリカリぎすぎすするようになっていた。

## 2

アイヴィ・デルマーも顔色が悪くおちこんでいた。といっても、きつい仕事のせいではなく、私的な悩みがあるからだ。先日、彼女はそれをキティ・グラモントに打ち明けた。ミス・グラモントはコネを使ったのか、省の本部にもどってきたのだ（註・大臣と結婚すればそれくらいは朝飯前）。アイヴィとキティは月曜の朝、リトル・チャントリーズからたまたま同じ列車に乗り合わせた。

「グラモントさんのご意見を聞かせてください。わたしはB3で、彼はC1なんです。C1っていうのは、何かの間違いだと思うんですけど……。頭の良さはぜんぜんCレベルじゃなくて、アイデアとかはふつうの人よりずっとすばらしいんです。でもC1はC1なので、結婚できません。彼はたいせつな人で、彼もわたしのことをそう思ってくれていますし、ふたりともAの人とは結婚したくなくて……。それにAの人だって、わたしたちみたいなのはいやだろうと思うんです。笑わないでくださいね。だけどどっちも気が進まなければ、どっちの人生も台無しになるような……。結婚の規則はおかしいって、みんないっています。脳務省で働いているわたしだってそうなんですから。だったらやっぱり、仕事を辞めないといけませんよね。脳務省に違和感を覚えはじめて、それがどんどん強くなっているので。すみません、はっきりいわせていただくと、脳務省がほんとうに正しいのかどうか、よくわからないんです」

「そうね、同感よ」キティはうなずいた。「わたしは脳務省にかぎらず、すべての省に対して同じ思いよ。共感や同情も感じるし、愛着だってあるけれど、全面的に正しいと認めるかどうかになると、答えはノーだわ」

「よかった、わかっていただけて。脳務省の法律は理屈のうえでは正しいと思うんですけど、人生を台無しにされた人を何人も知っているので、少し厳しすぎる法律のように思ってしまいます。リトル・チャントリーズだけでも大勢いるんですよ。うちの両親はいろんな人から話を聞いていますから。それに捨てられた赤ちゃんもかわいそうで……。法律は守らなくちゃいけないとわかっていますけど、やっぱりなんとなく……。どうか、教えてください。こんなふうに感じて、できれば好きな人と結婚したいと思うわたしは脳務省の仕事をつづけてもいいのでしょうか？　自分に正直に、辞めるべきなのでしょうか？　グラモントさんならどうします？」

キティの頬に赤みがさして、アイヴィはちょっと驚いた。グラモントさんのこんな顔は見たことがない。ましてや話題が話題なのに。

「わたしなら辞めないでしょう。あなたは解雇対象ではないだろうから、よほど脳務省がいやでないかぎり――。我慢の限界がきたら、そのときは無理せずに辞めればいいと思うわ。あまり考えこむ必要はないでしょう」

「ほんとうに？　だったらわたし、もう少しつづけてみます。その……結婚するには、お金も必要になると思うので。お給料はすぐに使ってしまって、ぜんぜん貯金がないんです。これからは実家にも頼れませんから。グラモントさんは、私生活を法律で決められるのはおかしいと思いませんか？　わたしは最近、すごくそう思うようになりました。でも、チェスター大臣の演説をあとで読んでみたらすばらしくて、自分は勝手な人間、わがままなだけだって思えてきます。いろんなことをいう人はいますけど、チェスター大臣はやっぱりすごいです」

「ええ、そうね」

「大臣が知ったら、わたしのことを軽蔑するでしょうか？」

「それは……」ありがたいことに、列車がメリルボーン駅に到着して会話は終了。

乱暴にいえば、このときの会話は思想と呼んでもよいものだった。人はたいてい、他人の人生をひっかきまわすだけなら良い法律とみなし、それがいざ自分の人生にかかわってくると、干渉するな、と批判に転じる。アイヴィ・デルマーとニコラス・チェスターの違いは、アイヴィが村の大勢を引き合いに出して自己正当化しようとするのに対し、ニコラスはすべてを承知のうえでみずから危険を冒したことか。アイヴィはB3、ニコラスはAということなのかもしれない。

国のいたるところでいわれているのは――「自分はぜんぜんかまわないけどね、脳務省のやり方は間違っているよ」「理屈は正しいかもしれないが、いろいろ面倒なことが起きたら我慢はしない」「理屈は間違っているし、我慢もできない」もちろん、公徳心に富む人たちもいる――「すばらしい法体系だから、しっかり守る」「おかしいとは思うが、従うしかない」しかし後者は少数派だった。

## 3

秋の反対運動は脳務省の体制や制度に向けられたものであり、個人が攻撃されることはなかった。運動を先導したのは労働党系の複数の新聞（強制受講を批判）や、〈ネイション〉（是非はさておき、使い古された〝プロイセン主義〟という言葉で批判）、〈ニュー・ウィットネス〉（愚かでしあわせな非ユダヤ人を、ユダヤ人のように不快なほど聡明にさせる必要はないと批判）、〈ストップ・イット〉（すべてに反対）などだ。かたや脳務省を支援するのは、戦前から戦中にかけて保守派、自由主義派と呼ばれた比較的穏健な新聞で、〈ヒドゥン・ハンド〉の姿勢が終始一貫しているのはいうまでもないだろう。

ところが十一月に入ると、新たな要素が加わった。脳務省を支持していた新聞雑誌の一部が、大臣への不満をいいはじめたのだ。〈タイムズ〉は婉曲的に、〝新しい血〟が望まれているのではないかとし、〈デイリー・メール〉は露骨に〝大臣は力を使い果たした〟という大見出しをつけた。しかし大臣というものは、こういう批判に耐えながらロンドンを歩くしかないのだ。チェスターはコックスの並木道の外で〈デイリー・メール〉を売っている老人を避けたものの、ストランド街で〈ヘラルド〉の大きな見出し〝辞任しろ、チェスター大臣〟を目にしてしまった。そして数日後、これより何倍もひどい記事を〈パトリオット〉が掲載する。

この記事は、はっきりいって別格だった。もともと〈パトリオット〉はほかの紙誌と毛色が異なり、批判対象の人間的な側面にも注視する。著名人の公の不品行はもちろん、私生活のスキャンダルも扱うのだ。暴露記事的なものが多く、推測と伝聞に満ち、したたかでふさげた調子で遠慮はしない。ちょくちょく裁判所に呼ばれるが、〝われわれは訴訟を恐れない〟と明言していた。また、知名度の差こそあれ、名の知られた人物宛の公開書簡が毎週かならず掲載される。ただ、これの弱点は、有名人が〈パトリオット〉を読まないことだった。読者は無名の素朴な人たちで、〈パトリオット〉に啓発されているのは間違いないだろう。

主筆はパーシー・ジェンキンズ。才能豊かな紳士で、人間的な魅力が仕事に役立っているという評判だった。美的センスの欠落を活力と愛国心で補う彼を、読者は心をこめて〝民衆の友〟と呼ぶ。

この十月、ジェンキンズは脳務大臣に直接会える機会を模索していた。面会要望の私信を送ったところ、秘書から愛想のない断わりの返信があり、お時間があればぜひお目にかかりたいと電話で頼んでも、多忙のため時間はないとあっさり拒絶。そこで脳務省まで足を運んで名刺を提出したが、面会予約がない者は待合室より先には行かせてもらえなかった。夜に大臣の自宅を訪問しても、先客があって門前払いだ。

しかしその後、大臣の対応が軟化して、ジェンキンズは秘書の手紙を受けとった。大臣との面会が希望なら、つぎの月曜日の午後九時半、自宅を訪問されたし――。

ジェンキンズは指示どおり、月曜の夜に自宅へ出向いた。大臣は書斎の暖炉のそばで、『おじいちゃんの話』*を読んでいる。彼は公人には珍しく、自分の手では手紙を書かず、公的書簡はすべて秘書が代筆していた。また、私的な手紙をいっさい出さない理由は、長々しい返事が届くから、とのことだ。

ジェンキンズは椅子に腰をおろすようにいわれ、すわってからお礼をいった。

「わざわざお時間を割いていただきありがとうございます」

*――詩人で小説家のウォルター・スコット(一七七一～一八三二)が、孫のためにスコットランドの歴史を描いたもの。

だがチェスターには、これ以上の好意を示す気がないらしい。

「時間はほとんどない。忙しいものでね」と、『おじいちゃんの話』を指さす。「仕事で来たのだろうから、用件を話してもらえるかな、できるだけ手短に」

ジェンキンズは小さく苦笑した。

「どうか、お手柔らかにお願いします。しかし、はい、仕事で来ました。すでにお気づきとは思いますが、わたしは〈パトリオット〉の者です。〈パトリオット〉はよくご存じかと……」

「いや、よく知っているにはほど遠い。名前を耳にしたことがあるくらいだ。どういうものかの見当はつくが」

ジェンキンズはいささかむっとして、強めの口調になった。

「かなり知られていると思うんですけどね。発行部数は――」

「その話はまたの機会に。悪いが、用件を話していただけないだろうか」

ジェンキンズは首をすくめた。

「お時間がずいぶん限られているようで」

「時間はつねに限られている」チェスターらしい理屈っぽい言い方だった。「限られているからこその時間であり、そこに〝ずいぶん〟がつくとどういう意味になるのか、わたしにはわからない。しかし、わたしがこの面談を早く終わらせようとしている、という意味であれば正しい表現ともいえる」

「では――」ジェンキンズは本題に入った。「大臣も耳にしたことがある〈パトリオット〉は、真実を探求しています。公的なもの、私的なもの、あらゆる事柄に関する正しい情報の発信を使命とし、いまのところ、十分な成果を得ていると自負しています。そして現在、大臣も当然お気づきでしょうが、国民はあなたに、ニコラス・チェスター脳務大臣に大きな関心を抱き、あなたほど注目されている人物はほかにはいないでしょう。いわせていただければ、あなたほど議論されている人物もね。そこで〈パトリオット〉は、国民に少しでも情報を提供できればと考え、大臣に貴重なお時間を割いていただいた次第です。じつは最近、たいへん興味深い話を聞きましてね。チェスター大臣が特定の女性と一緒のところをよく見かけるというのですよ」

ここでジェンキンズは黙った。

「つづけなさい」と、チェスター。

「聞くところによると、あなたは週末を地方で過ごしている。ひとりではなく、その女性と一緒に――」

「つづけなさい」

「ほかにもいくつかありますが、どれも噂にすぎません。公人にも奇妙な噂はまとわりつくものですから。先日、わたしが会ったバッキンガムシャーの住民も――チルターン丘陵域に住んでいるんですけどね――あなたに関してとんでもないことをいったんですよ。わたしは脳務省の政策をすばらしいと思い、知性は次なる力だという大臣の言葉に賛同していますので、おかしな噂は噂でしかない、真実ではないことを広く伝えよう、それが自分の務めだと感じました。噂はあなたを、大臣を批判するものばかりなのですよ。

　はっきりいわせていただくと、あなたには結婚して子をもつ資格がない。国民はそのことを知っていますから、自分たちに法を押しつける大臣みずから法を破るとは何事かと。こんな噂は脳務省そのものを揺るがしかねません。大衆とはどういうものか、十分にご存じのはずですよね。わたしなら、そんな噂に反論しますが」

「どうぞ、好きなように反論してくれ。わたしは異議を申し立てない。話はそれだけかな？」

「反論なんて……」ジェンキンズは口ごもった。「保証がないかぎり、できるわけないでしょう。噂を完全否定するには保証が必要です」

「*わからないな。何が保証になる？」

　ジェンキンズは首をすくめ、にっこりした。

「よくあるやつですよ。あとは大臣にお任せします」

　チェスターは内緒話でもするように身をのりだした。

「はっきりいいたまえ、ミスター・ジェンキンズ。要求はいくらだ？　わたしのスキャンダルを新聞に書く、もし書かせたくないなら……金額は？　恐れずにいえばいい、妥当な額ならね。調子にのれば、得るものも得られない」

「五百では？」ややためらいがちに。

チェスターは立ち上がった。

「ありがとう、ミスター・ジェンキンズ、よくここまでやってくれた。だろう、オクスフォード？」

衝立の向こうから、男がふたり現われた。鋭い目つきの弁護士とメモ帳を持った若者だ。

「お疲れさま、ジェンキンズ」と、弁護士。「強迫の証拠はそろったよ。大臣がここまでうまくやれるとは、正直、思っていなかったんだがね。あなたは手練《てだ》れで、抜け目がないから」

「法廷で争えば――」訴訟慣れしているジェンキンズはほほえみさえ浮かべた。「大臣のキャリアも終わりますよ。真実が明るみに出ることくらい、ご存じでしょう？」

「ああ、ご存じだ」チェスターは動じない。「かといって、傍観する気はない。いまは多忙で手が離せないがね。さあ、ここから出ていき、思う存分、真実を広めなさい。おやすみ、ミス

＊――ここから二〇六ページの＊＊までは、一九一九年版では改訂された（新聞業界から誹毀的と受けとられる可能性があるため）。改訂後の内容は、章末を参照。

ター・ジェンキンズ」

というわけで、〈パトリオット〉のキャンペーンは始まった。

それも、かなり大々的に。いずれ賠償金を払わされるなら、それまでに稼げるだけ稼いでおく。

手始めは公開書簡だった。**

宛先／脳務大臣
「脳務大臣　ニコラス・チェスター様
ある書物に、〝医者よ、自分自身を治せ〟という言葉がある。また、同書には（どの教会でも家庭でも見かける本だ。大臣も熟読なさるべき）、〝自分の目から丸太を取り除きなさい。そうすれば、はっきり見えるようになり、兄弟の目にある塵を取り除けるだろう〟。ここでぜひ、大臣に申し上げたい。婚姻をはじめとする私生活にかかわる命令を下す前に、この書の言葉を思い出してはいかがだろうか。念のため、三つめの言葉も記しておこう――〝盲人に盲人の道案内ができるか？　ふたりとも穴に落ちてしまわないか？〟。どうか、じっくり考えていただきたい」

この週はこれだけだったが、読者の想像力を喚起し、話題をつくるには十分だった。ほのめかしは毎週毎週つづき、噂話はどんどん盛りあがる。ある週には、チェスターとそのコートをつかんでいる子どもたちの写真が載った。チェスターはまぎれもなく本人だとわかるが、子どもたちのほうは誰の子かはっきりしない。キャプションは〝かわいい子どもの未来はどうなるか？〟。

ジェンキンズは自分の仕事がわかっている。あの晩、彼はニコラス・チェスターに憎しみすら感じた。

## 4

「いずれは牙をむいてきたさ」ニコラスとキティはソファにすわり、ふたりの間には〈パトリオット〉がある。キティと同居していた従妹は突然、結婚するといいだして出ていき、いまキティはひとり暮らしだ。

「わたしの予感は的中、でしょ？」

「もちろん、覚悟はしていたよ」ニコラスはおちつきはらっている。「なるべくしてなっただけだ。それに、この程度じゃすまないだろう。いまはただの噂話で、いくら不快きわまりなくても、さほど深刻ではない。せいぜい労働党の脳務省攻撃、〈ストップ・イット〉のキャンペーンくらいだ。議会制の廃止運動と似たようなものだよ。議会制の廃止など、じつに下らない」

「だけどそれでも」深刻な口調。「もっと慎重にならないと。これまでも用心はしてきたけれど、きっと不十分だったのよ」

「世間は目ざといからね」疲れたように。「間違ったことをしている以上、十分に用心するなど無理な話だ。慎重に慎重を重ねることはできても――勘弁してほしいが――これで十分というとはない」

## 5

とはいえ、ニコラスはキティとあまり会うことがなかった。ともかく会議がびっしり詰まっていたからだ――事業者連盟、医師連盟、林業協会、織物工業会、農業者組合、紡績工業会、新聞記者連盟、教会会議、親の会、閣僚理事会、広報局。そして、合同機械工組合も。

会議が有益であることを願うばかりで、もし無益であれば、時間の無駄遣いどころではなかった。

ヴァーノン・プリドゥたち部署の長も、規模は小さいながら種々の組織の代表者と話し合いをした。真偽のほどはさておき、脳務省は国民の苦境や不満を親身になって聞かないといわれている（国家機関の役目を考えれば、通常はありえないはずなのだが）。しかしそれでもなお国民は、切羽詰まった苦境や不満を朝の九時半から夜の七時まで、省に次つぎもちこんだ。七時を過ぎるともちこみ禁止になるとはいえ、高官たちは夜遅くまで残り、すでにある苦情や歎願と格闘する。

その一方で政府は、差し出された手の数と同じ数だけ誓約を並べた。誓約にはブーメラン的な性質があるものの、ときに使い勝手のいい道具になる。さまざまな側面をもち、そのひとつは相手の怒りを多少は鎮めて多少の満足感を与え、多少の時間的余裕ができることだろう。また、誓約をもらった側にとっては、相手に望まないことをやらせることを意味し、相手には不公平感が生じる。しかも誓約を果たそうとするとほかの仕事に支障をきたし、かといって破ったら破ったで新たな問題が発生する。そして無関係な第三者の目に、誓約はひとつの教訓として映るのだ――約束をした以上は守らなくてはいけない、約束などけっしてしない。

いずれにしてもこの時期、脳務省が誓約を乱発したのは間違いなく、どの省であれ、これほどの数を守りきるのはほぼ不可能だ。たとえば既婚女性に対しては〝知力育成講座への招集は未婚者、既婚者の順とする〟、鉱山技師には〝未熟練者を優先して受講させる〟、五人の子持ちの親たちには〝児童税の上昇率にかかわらず、六人の児童がいる家庭には増税後の額を六人全員に課し、減税はしない〟。また、知的発達が遅れている者は育成講座の受講不要としたが、これは議会を紛糾させた。地方の脳務委員会によって冷遇、差別される例が発生したからだ（質問：「ここまでひどいことをするとは、脳務省には魂がなくなったとしか思えないが？」 答弁：「結果に関する報告がまだ届いておりません」 質問：「ペリヴェイル・ホルトの女性は知能ランク外として講座受講を三度拒否されたが、再検査の結果、基準を満たしていることがわかった。ところが受講なかばで急に頭が働かなくなり、おたふく風邪に襲われた。この件に関する調査は？」 答弁：「現在、調査中です」）。

しかし、庶民が脳務省の無情さを何より感じるのは、人の心の叫びを見下し、無視することだった。愛し合うふたりの間に冷たく立ちふさがり、夫婦と未来の子の間に溝を掘る。子は命を授けられないか、授けられても道端に捨てられて、あとは神の御心次第。大事に育てられても重い罰金を科せられたり、親は投獄されたり。愛の結晶になぜそこまでするのか、親は頭を抱えてしまう。

「どうしてこの子に税金を！」怒った母親は声をあげた。一歳のわが子はとてもしっかりしているのだ。「見てちょうだい。こんなに頭がいいのに。隣の家はアルフレッドのおかげで賞賜金をもらって、噂じゃ飲み歩いて一週間で使い果たしたって。アルフレッドはまだはいはいしかできないし、何かいうときもうつむいたまま。あの子は頭が悪いのよ。こんなの不公平だわ、誰がなんといったって！」

「現実に――」チェスター大臣は脳務省で職員に語った。「三歳未満の知的な幼児の割合はかなり高くなっている。もちろん、知性は未発達だから、幼児にしては知的に見えるというだけだが、それでも格段に向上した」

たしかに、知能関連法の効果は出ているのだろう。しかし、知力向上の対象外の者たちや向上を望まない者のあいだでは不満が膨らみ、広がっていった。愚者はじわじわと怒りをつのらせる――個人の自由は必要欠くべからざるものだ、民族の幸福なんて曖昧模糊とした夢でしかない、日々生きていく個人にとってはどうでもいいことだ。

---

本訳書は一九一八年（未刊行）を底本としているが、翌一九年三月に修整版が刊行された。「一九一九年の刊行に当たって」で、マコーリーは次のように記している。《本書は戦時中にひとつの提案として書き上げたが、刊行が休戦協定後になったことについて、若干の説明をさせていただきたい。／当初は一九一八年十一月の刊行予定で進行したものの、一部加筆修正すべき点のあることがわかった。販売用の書籍はすでにでき

あがっていたため、修正が反映されるまで月日を要した次第である。／なお本書では、起きた出来事の日付は明記していない。あくまで予言的な提案として受け止めていただければと思う。》

＊から＊＊まで、一九一九年版ではつぎのように改訂された。

保証に関し、ふたりはさらに十分ほど話したが、ここには記さないでおく。

さまざまな理由によって記録されない会話はいくらでもあり、代表例は同盟国がヴェルサイユでかわした会話だろう。黒いカーテンの向こうからは、同盟国には堅い結びつきと調和があるというささやき声しか聞こえてこない。ほかには、ブレスト・リトフスク条約の締結前にかわされたトロツキーとドイツ政府代表の会話、料金値上げに関する商務省と鉄道会社の会話、選挙時もしくは新聞契約時の閣僚と資本家の会話、ジェーン・オースティンのヒーローとヒロインが思いをうちあけるときの会話等など。

理由は異なれど、これらの会話はすべて想像するしかなく、ジェンキンズとチェスターの会話も読者の想像力に委ねたい。ただ、大半はジェンキンズがひとりしゃべり、そうなった理由はふたつある。ひとつは彼が雄弁家であること、もうひとつはチェスターが政治家のわりに口数が少ないことだ。雄弁も無口も、浮き沈みのある公人にとっては使い道があり、効果的に使いさえすれば、政治家の本心や狙いをさぐる者をとまどわせることができる。しかしどちらかといえば、しゃべりまくるほうが簡単だろう。

＊＊＊

ともあれ、この会話がきっかけで、〈パトリオット〉はキャンペーンを開始した。手始めは公開書簡だ。

# 第十一章　ホテル襲撃

## 1

　十二月、〝ドーラ〟はばかなことをした。いうまでもなく、ばかなことをしたのはこの月だけではない。知能関連法より前の生まれだが、もし後だったらC3以下だろう。

　彼女の愚行をここでとりあげるのは、脳務省の危うい未来に決定的な影響を与えたからだ。ドーラは経験豊かなしっかりした手で、知能関連法に批判的な四紙を重ねて押しつぶした。すなわち〈ネイション〉、〈ストップ・イット〉、〈ヘラルド〉、〈パトリオット〉を発禁処分にしたのだ。これに怒ったのが、思慮深い者、進歩的な者、労働者（誤ってプロレタリアートと呼ばれることが多い）、そして一般大衆だ。

「ばかはどうしようもないな」ニコラス・チェスターは苦々しげにつぶやいた。しかしいまさら、どうしようもない。

「彼らはいつになったら気づくんでしょうね」と、ヴァーノン・プリドゥ。「発禁処分に比べたら、全国にばら撒かれる批判記事のほうがよほど害が少ない」

脳務省をあと五十年存続させてくれたら——とチェスターは考えた——五十年後には行政機関の知能も、最低限のことは理解できる程度になっているだろう。そのためには脳務省がいまの嵐に耐え抜いて、国民を法律に慣れさせることが不可欠だ。慣れというのはすばらしい。いかに不快なことであれ、誰もが当然のこととして受け入れる。教育、ワクチン、税金、下水処理、代議制……。慣れるかどうかの問題にすぎない。

## 2

脳務省はトラブルに備えていたが、クリスマスの贈り物の日《ボクシング・デイ》の出来事はさすがに予見できなかった。省の歴史に残る一日だったといってよいだろう。

職員はクリスマス当日を例外として、休日返上で働いていた。経験者なら知っているように、法定休日は外部からの電話も訪問者もないから、仕事をするにはうってつけなのだ。外でわめきたてる群衆も消え、職員は静かな環境で仕事に集中できる。もし、この世に永遠につづく法定休日があったら（天国へ行けばそうなるという人もいるだろう）、官公庁はもっと活き活きとして、運営管理は純粋数学などの学問にとりくむのと変わらなくなる。国民のうるさい要求に悩まされることも、いらいらする現実をつきつけられることもない。

ニコラス・チェスターはボクシング・デイにも脳務省へ行き、高官の四分の一も出勤したが、夜の七時くらいには、部屋で打ち合わせているチェスターとプリドゥだけになった。

外のトラファルガー広場では、小さな人の塊が、北から、南から、東西から集まってきた。そこからホワイトホール庭園へ、ウェストミンスターへ、エンバンクメントへ行進する。とくに騒ぐこともなく、休日に横断幕を掲げ、投票権や国教制廃止、平和、食料品値下げなどを訴える行列となんら変わりはなかった。昔の行進との違いは、兵士の行軍さながら足並みがそろっていることで、最近はこういうのが増えた。大戦中に見た光景はけっして忘れることがないのだ。このような行進をすることで、軍国の強さと危険性を見物人に伝えたいのかもしれない。

行列は脳務省が入っているホテルの前まで来ると停止して、ひとつの集団にまとまった。そのなかのひとり、ストップ・イット連盟の若い代表がメガホンを手に、ホテルの入口階段から集団に向かって力強く語りかけ、最後をこう締めくくった。

「われわれは自由を愛し、暴政を憎む。自由を奪う暴政の砦を潰すのは、われわれの手にかかっているのだ。時間はない！　いま、われわれはここにいる。わが国の男と女の思いを政府に見せつけてやろうじゃないか！　このホテルを潰せ！」

監視していた警官たちは、ここで初めて行進の目的を知ったが、もはや手遅れだ。

チェスターの部屋の開いた窓から、外の演説が聞こえてきた。

「あれはレンドルの声だ」と、プリドゥ。「いいかげんにしてほしいよな。警官は何をしていた？　もう間に合わないだろうな。ぼくらがここにいるのはたぶん知らない」

「知らせてやればいい」チェスターはバルコニーに出た。

外が一瞬静まりかえり、直後に大声――。

「脳務大臣だ！　諸悪の根源！　ニコラス・チェスター！」

男の声がした。

「おちついて！　静かに！　大臣に話をさせろ。何をいうか聞こう」

ふたたび静寂。はりつめた、怒りと期待の沈黙。

チェスターの鋭くとげとげしい声が静けさを切り裂いた。

「愚かなことはやめて、立ち去りなさい。想像することくらいできるだろう？　このままつづければ逮捕されて刑務所行きだ。いまならまだ間に合う。わたしのいいたいことはそれだけだ」

「なんだと！」大合唱になった。「やりたいだけやって、それだけか！」

どこからか、やさしく心地よい声が飛んだ。

「いいや、まだあるよ、聞こうじゃないか。チェスター大臣に質問ふたつ！　第一問――あなたには結婚の資格がありますか？　知能がランク外の家族がいるのでは？」

チェスターはすぐには答えなかった。地上から自分を見上げる人びとの顔を、冷たい月の光が照らしている。彼はきっぱりといいきった。

「わたしは無資格だ。理由はあなたがいったとおり」

「ありがとう、大臣。みんな、聞いたか？　脳務大臣は、家族が原因で結婚する資格をもたない。ではチェスター大臣、第二問――あなたはこの八月に結婚したのではありませんか？」

「そのとおりだ、ミスター・ジェンキンズ」

チェスターの横でプリドゥが「あきれたな……」とつぶやき、眼下では怒号がとどろいた。

「やろうぜ！」という叫び声。「ろくでもない芝居は幕引きだ！　役者が逃げ出す前につかまえろ！」

大勢が入口階段を駆け上がり、大きな扉を開けてホテルになだれこんだ。そのまま一気に階段を二階へ。

「まずいですよ」と、プリドゥ。「先頭はレンドルかもしれないから、ぼくが行って、なんとかなだめてきます」

「その必要はない。もうじきここに到着するよ」

ドアが勢いよく開き、男たちが飛び込んできた。チェスターとプリドゥはドアの手前で彼らを迎える。

「愚かなことはやめなさい。こんなことをして、何の得がある？」

「いたぞ！　隠れて結婚した脳務大臣！」

男たちはチェスターとプリドゥを取り囲み、後ろ手に締め上げた。

「怪我をさせるなよ。チェスターをバルコニーから吊るして、あとはどうするかを下の仲間に聞け」

チェスターはバルコニーまで引きずられ、片足と片腕を縛られて、手すりの外に吊るされた。

「こいつが脳務大臣、ニコラス・チェスターだ！」

地上の男と女たちは、ぶらぶら揺れる彼を見上げて罵声を浴びせた。

バルコニーにいる男が叫ぶ。

「誰と結婚して子どもをもてとか、もつなとか、おれたちに命令してきた奴だ。そのくせ自分は法を破って結婚して、ばれやしないと高をくった」これにチェスターはかすれ声で、いつかは知れるとわかっていたよとつぶやいた。自分はそれほどばかではない。「だが、ほら、化けの皮ははがれたぞ。さあ、どうする？　人に法律を押しつけて、自分は平気で破る奴を？自分が我慢できない法律を、人に我慢しろと命令する奴を？　さあ、いってくれ！　ここからそっちへ落とそうか！」

どっちつかずの宙ぶらりん。それがニコラス・チェスターそのものかもしれなかった。

男たちはチェスターを、ゆっくりと前後に揺らした。

「勘弁してやれよ」地上の誰かがいった。「結婚したばかりなんだろ？　女房のところへ帰って、二度と国の仕事に口出ししなきゃいいんだよ」

爆笑が起きた。嘲りに満ちた大笑いに脳務省の行方が見える。

男たちはチェスターを部屋にもどした。

「ホテルに火をつけよう。急いだほうがいい」

チェスターとプリドゥは大男たちに後ろ手にされ、乱暴ではないものの、背中を押されながら階段をおりた。外へ出ると、元近衛歩兵連隊《グレナディア・ガーズ》の兵士につかまれたふたりの姿に、さまざまな声が飛ぶ。怒声もあれば高笑いもあり、それはチェスターの耳に、失敗した計画に対する国民の上機嫌な笑い、愚かな笑い、ざまあみろの笑いに聞こえた。さらには、有言不実行の者へ向けた侮蔑の笑い。正直を尊びながら正直になりきれない世界の、偽善と二心に対する嘲笑。

笑いたくなるのも当然だな、とチェスターは思った。これほど面白いことはない。滑稽きわまりないのだから。

信用を失墜した脳務省の入口階段で腕をつかまれて立ち、チェスターは自分が懸命に守ってきたものを破壊しようとしている人びとを見下ろした。怒りと軽蔑に満ちた顔、顔、顔――。チェスターは大笑いした。

もちろん声には出さない。とはいえ、うなだれ恥じいりゆがんでいるはずの顔に、見慣れたシニカルな、どこか悲し気なほほえみが広がれば、笑い声が聞こえたに等しい。

「何がおかしい！」怒りの声が飛んだ。「だました国民を笑うな！　あんたのせいで、食うのにも困ってるんだ。双子の税金で、すっからかんなんだよ。なのにあんたはそこで笑って……。いいかげんにしろ！」

男は階段を駆け上がると、チェスターを元近衛兵からもぎとった。ふたりはもみあい階段下へ、殺気立つ者たちのなかへ頭から落下した。

*3*

警官が急いで群衆を散らしたときにはもう、脳務省は悪徳の町、ソドムとゴモラさながら燃え上がっていた。しかし聖書の時代と違い、いまは消防署がある。ただ夜中まで火は残り、残り火は偉大なる民衆の憤怒、偉大なる計画の挫折、偉大なる男の転落の証ともいえた。彼を引きずり下ろした人びとと同じ弱さがいくらあろうと、ニコラス・チェスターは偉大なる男だった。

# 第十二章　瓦礫

## 1

マウント・ストリートのアパートで、チェスターは意識なく横たわっていた。頭蓋骨骨折を負い、肋骨も三本骨折。そばでは姉のマギーが何かと世話をやいてくれている。姉は心やさしく無口、裏表のない人で、弟とそっくりのほほえみ方をし、弟以上の忍耐力があった。彼女の忍耐力はほぼ無限大の寛容さに近く、人間のやることはそうそう良いことばかりではないし、何もかも良くなることはないからいいじゃないの、といったところだ。弟のニコラスにはそこまでの忍耐力が配分されず、そのぶん希望と強い信念をもち、結果的にこの状態だ。

マギーは初めて会うキティにもやさしく接した。ちなみに脳務省の職員の大半は、異動先が決まるまで短い休暇をとっている。

「結婚していたからって、べつに驚かないわよ」マギーはキティにいった。「びっくりしていいのかもしれないけど、うちの家族はみんな、ぜんぜん。どこの家だってそうじゃないかしら。でもニコラスはたぶん気にするでしょうね。かわいそうに……」

マギーはキティに詰問したりせず、すんなりそのまま受け入れた。なぜなら、規則でがんじがらめの社会であっても、こういうことはいくらでも自然に起こり得るのだから。

キティは心のなかで、ニコラスの人生を台無しにしたのは自分だ、とつぶやき、姉のマギーに力なくいった。

「彼はほかの誰のでもない、自分の将来だけを傷つけるような人です。こうと決めたらかならず実行して……」ニコラスが失ったものを自分では到底埋め合わせることができない、とも思う。

彼が失ったものは大きかった。名声、仕事、公人としての暮らし。脳務省は当面、存続するだろう。力はなく、希望もなく。そしていずれ確実に、不名誉な死を迎える。焼けたホテルは修復されれば生き返るが、そこに彼の姿はない。

意識のもどったニコラス・チェスターが最初にしたことは、辞意を伝える文書の口述だった。

「拝啓
幾度もご説得いただきましたが……うーん……このような決意に至りました……政府の力に

なれないことはきわめて遺憾ではありますが……うーん」

「拝啓
昨日、某紙の記事により、政府が脳務省に変化を求められていることを知り、辞意を固めました。これまでわたくしなりに……」

結局、言い訳めいたことを書くのはよして、簡潔に伝えることにした。

「種々の報道、事件等の事由により、大臣たるにふさわしくないと判断し、脳務大臣の職を辞することといたしました」

雪降る日々。ニコラス・チェスターはベッドの上で静かに過ごした。彼が回復に向かっているのか否か、誰も知らない。

## 2

しばらくして、チェスターがヴァーノン・プリドゥの様子を尋ねたところ、怪我らしい怪我は負っていないとのこと。

「あなたのことを心配して、よく電話をかけてくるのよ」と、キティはいった。「お医者さまの許可がでたら会ってみる？」

「どちらでも。会ってもかまわないけどね」

ある日の午後、プリドゥがやってきた。政治の話をしたり興奮したりしないこと、という条件つきだから、どことなくぎこちない会話になる。チェスターはあのとき彼がつぶやいた「あきれたな」という言葉を思い出し、さして興味もなさそうに、いまはどう思うかと尋ねた。

しかしプリドゥは、感じたことを正直に話すような男ではない。

話題は主にあの晩のことだった。チェスターのもとにはすでにさまざまな報告が届いている——火事、警官と群衆の乱闘、数名死亡、先導者たちの逮捕と裁判等など。自分の思いを語らずにいたチェスターが、ふとこんなことをいった。

「ずっと考えているんだが、まだよくわからない。わたしに関する新情報が、どれほどの意味をもっていたのか。新情報などなくても、彼らは火をつけただろうか？」

プリドゥは返事をしなかった。あの日、チェスターに後ろ暗いことさえなければ、暴徒を抑えられたはずなのだ。

沈黙がつづくなか、チェスターがいった。

「おそらく、あそこまでのことはしなかっただろうな」無表情で冷静に。「といっても、破滅を加速させたにすぎず、どのみち脳務省の権威は失せた。国民は不自由な法律には我慢するもんかと思い――わたしもそのひとりだった。あくまで一例であり、破滅の原因をつくったわけではない」

チェスターが自分の思いを吐露するのはここまでだった。

プリドゥはさびしげに、「脳務省の権威は失墜しましたよ」といった。「フランキー・ライルはこの期に及んでも、存続を画策していますけどね」ライルはチェスターの後任候補だ。

「痛々しいな」チェスターは力なくほほえんだ。「モンクはどっちつかずだと聞いたが、彼を責めることはできないよ。ライルも一週間とはもたずに、全面的に手を引くだろう」

疲れたような淡々とした口調には後悔と苦々しさがあった。ライルが全面的に手を引く対象は、自分がつくりあげてきたものなのだ。自分なら一週間以上もたせ、ふんばり次第では省をまとめて、新たなかたちにできたかもしれない。だが、現実は現実であり、もはや自分の出る幕はない。

チェスターは立ち上がって帰っていくプリドゥをなかば腹立たしげに見送った。彼の経歴に、傷はひとつもついていない……。

キティとプリドゥは、あの事件後、初めて会い、彼は心の内をさらしたように見えた。チェスターの見舞いに来たら、そこにキティがいる――。プリドゥは彼女が仕事で大きなミスを犯したかのように、鋭く冷たいまなざしで見つめたのだ。

「わたしたちのことは想像がついていたでしょ?」キティは彼の目つきにむっとし、負けない冷たさを込めていった。

「いいや。まさかここまでとは予想もしなかった。親しいのはわかっていたよ、イタリアでも会ったしね。だが、ふたりはもっと頭がいいと思っていた」

キティの苛立ちは、いつもの自責の念になる。

「わたしたちもそのつもりだったんだけど……。彼の人生を台無しにしたのはわたしなの。あなたもそう思ってるでしょ?」

プリドゥは首をすくめた。「きみが台無しにし、彼は彼で脳務大臣という自分のキャリアを潰した。まあ、それだけではないけどね。ただニコラス・チェスターは、ぽいと捨てられるような男じゃない。掃いて捨てるには、もったいなさすぎるんだよ。そのうちまた声がかかるんじゃないかな。それにしても、なんでまた、ここまでのことをやったんだ？」

キティには答えようがなかった。

「ただ一緒になりたいと思っただけなの」

プリドゥはいかにも不機嫌そうに、くるっと背を向けた。

やっぱりね――。キティは暗い気分の会話でも、プリドゥらしい反応に心のなかでほほえんだ。

### 3

パンジーは冬の温室栽培の花を抱えてちょくちょくやってきて（チェスターは彼女を嫌っていた）、とても思いやりがあり、ざっくばらんで明るいのだが、チェスターの部屋に案内されたことは一度もなかった。キティはパンジーの元気の良さが、彼の体温を上げるような気がしたからだ。

「ちょっと、いわせてもらうと」と、パンジー。「うちは〝自由恋愛〟っていうやつだけど、わたしはぜんぜん平気だった。でも、今度のは別格よ。グラモント家はとっくに白い目で見られていたから、評判はがた落ちどころじゃないかも。シリルはなんていうかしら？　わたしのかわいい坊やへの風当たりも強くなるわね。ともかくあなたたち、すごい結婚をしたわ。ふたりともばかみたいな法律を破って愛を貫くなんて、とっても分別がある。アントニーにもいったのよ、自分の手で破れないような法律をつくってなんの得があるのって。ニコラスがいい例でしょ。こんな下らない騒ぎ、そのうち風化して、忘れられてしまうわ。長い人生、誰だって好きなことをして楽しい時間を過ごしたいと思うでしょ。法律に縛られて生きたり、愚かな古い世界を賢くしたりするよりは」

「それはどうかしら」と、キティ。「わたしにはよくわからないわ。でもパンジーのいうことはいつも当たっているから、いまの話もたぶんそうね。ただ、お願い、ニコラスの前では話さないでちょうだい。熱をだして容体が悪化しそうだから」

「それにしても、義理の兄が脳務省の大臣だったなんてすごいわ。なかなかないことよね。あなたのお兄さんは大臣だって、きっと一生いわれる。じゃあ、そろそろおいとまするわね。キティがわたしとおんなじしあわせな奥さんでいるのが、とってもうれしい!」

## *4*

チェスターは母親からの手紙をキティに見せた。母と主教の父はいま西部で暮らしている――〝回復したら、キティと一緒にぜひこちらへ来てちょうだい。生活が質素なことは、キティにも伝えておいてね。ニコラスがしあわせを見つけたと知って、お父さんもわたしもとても喜んでいます。大臣を辞めたというニュースを知ったときは心配しましたが、仕事をなくしても、愛と幸福を得るほうがずっと重要ですから〟。

「重要というより」と、キティ。「安らぎと平穏を与えてくれるという感じかしら。重要なのは、ニコラス、あなた自身よ。ヴァーノンのいうとおり、政府はあなたを手放さないでしょう。たとえば貴族に叙して、〝私事優先〟でも問題にならない地位につけるとか」

チェスターは何があっても驚かないといった。

「いずれ、ご両親を訪ねるでしょ?」彼は気乗り薄の声を漏らした。「やっぱり一度は行かないと。ちょっと……不安だけれど」

「息子がこんなことになってすまないと、あやまられるとか? いいや、〝ニコラス、よくやった〟と祝ってくれるよ」

二週間後、ふたりは両親のもとを訪ねた。チェスター主教の住居は、聖堂の裏手にある貧民窟の古い小さな家だ。どこの主教館も、いまでは牧師が住むか、あるいは集会所や避難所、貧窮者用の施設となり、主教が住むことはなくなった。独身なら教区の牧師たちと共用できるが、家族がいる場合は家をさがさなくてはいけない。また、独身であれ家族もちであれ、生活様式を選べるほどの収入はなかった。とはいえ、政府の干渉を受けずに国教会が定めた清貧の暮らしこそ、聖職者にはふさわしい。

一方、教会の新方針に賛同できずに退会した主教もいて、彼らより厳格な考えをもつ後任を選ぶことになった。主教を公平な目で見れば（そういうことは滅多にないが）、良きキリスト教徒であるのはもちろん、教会のためになることなら率先してやる者だ。選考過程では、どの候補者も善意と自己犠牲の精神にあふれていたので、他者と比べて劣る点がないにもかかわらず選考に漏れたとすれば、何かちょっとしたしくじりをやったのだろう。主教といえども人間、ということだ。

チェスター主教はしくじらなかった。質素な暮らしと質素な思考（このふたつは非常に結びつきやすい）を信者の務めとして貫いた。紫の服を着た彼の教えによって信者がひとりでも増えれば、何より報われたと思えるだろう。しかしいまのところ、その見通しはない。とにもかくにもチェスター主教は、頭脳明晰ではなくても善人ではあった。

主教夫妻は息子とキティを温かく迎え、息子は一晩しか泊まれないと伝えた。町にもどってやるべきことがある、ジェンキンズと〈パトリオット〉の幹部を訴える手続きもそのひとつ、とのこと。キティは滞在期間の短さにとくに驚きはしなかった。ニコラスにとっては不面目な帰省だからだ。予想がついたこととはいえ、両親は息子が主義に反して結婚したことを快く受け入れた。もともと息子の考え方は無情すぎると思っていたから当然だろう。「ニコラス、結婚してくれてほんとうにうれしいよ」と、父はいった。「おまえも情に従ってくれたということだ。愛し合い、子どもが生まれ、家族ができる。とても単純なことだが、深く、崇高でもある。どのような法律でも抑えることはできない」

母親がキティを見る目は、孫を待つ義母のそれだった。おやすみなさいをいうときも、耳元で「いつかね……」とささやく。

キティはニコラスの双子の妹にも会った。とても無邪気で、かぎ針編みに夢中な顔は、ぼんやりしているときのニコラスといったところだ。母親は「この子のことはニコラスから聞いているでしょう?」とだけいった。

## 5

翌朝、ふたりは両親の家をあとにした。列車では向かい合ってすわったものの、分け合った〈タイムズ〉を読みふけるだけで、どちらも相手の目を見ることができなかった。たとえるなら、後ろめたさを感じている泥棒が、後ろめたさのない泥棒に盗みの成功を祝われたような気分とでもいおうか。ふたりの間では、うつろな顔をした者が皮肉な調子で同じ言葉をくりかえしている――「あなたも情に従った。とても単純なこと。どんな法律でも抑えることはできない」

うつろな顔は、無邪気で不憫なニコラスの妹に似ていた。

キティとニコラスは、彼の父がいった三つの単純なことのひとつめを通り過ぎ、緑の丘のゆるく長い斜面を下りはじめた。この先、ふたりの行く手を阻むものはあるだろうか？　向かっているのはふもとの渓谷、単純ではあっても手ごわい残りふたつが待っている渓谷だ。何も持たず、立ち止まりもせずに歩くふたりの前にたちはだかるものは？

キティがはっきりしない未来を力なくながめていると、見えない手がページをめくったかのように、家庭の風景があらわれた。平凡な部屋でニコラス（と思われる男性）とキティが向かい合い、そばには子どもたちがいる。ぼんやりしているだけの無気力なふたり、思想も信条もなく、原始のブリトン人にもどったような夫と妻。将来の漠然としたニコラスの声が聞こえた。

「運を信じてなんとかやっていくしかない」

もし、こんなことになっても……。

ふたたび大戦が始まれば（二度とあってはならないのだが）、息子たちは素質もないのに兵士として戦い、娘たちは知識もないのに看病する。ほかにもあれやこれや、その他もろもろ……。

そして世界はぐるりと向きを変え、人間の欲望がじわじわと、道理や理想を荒廃させていく。そんな世界でいったい何ができるというのか？　何もできない、何ひとつ。

ふたりは同じ一枚の絵を見ていたかのように、ふと目を合わせ、さびしげに笑った。

そうだ、これならどんな時でもできるだろう。崩れたキャリアや信念、荒廃した政府、砕け散った理想——さまざまな瓦礫のなかにいてもなお。あてにならない、嘆かわしい世界にあっても、これくらいなら。

# 解説

北村紗衣

## 1 第一次世界大戦後の世界

ローズ・マコーリーの小説『その他もろもろ―ある予言譚―』(一九一八)は、まさに第一次世界大戦後の文学作品だ。一九一四年から一九一八年にかけて起こった第一次世界大戦が世界に及ぼした影響というのは日本に住んでいるとややわかりにくいところがあるが、はかり知れないほど大きいものであり、ヨーロッパでは世界観を変えるような深刻な影響を及ぼした。イギリスでは第一次世界大戦で八八万人を超える死者が出ており、三八万人の軍人と七万人の民間人が死亡している第二次世界大戦よりも死者数が多かった。クリスマスまでに帰ってくると言って意気揚々と出て行った若者達が、棺に入って戻ってくるか、あるいは心身ともにボロボロになって帰還した。一九一〇年代の医療は今に比べると進んでおらず、社会のほうでも手足を失ったり、毒ガス攻撃を受けたり、ショックで心を病んだりした帰還兵を支える準備ができていなかった。現代の軍人であれば、戦争から戻ってくれば性能のいい車椅子や義手、義足を用いたり、リハビリやカウンセリングを受けたりすることもできるが、第一次世界大戦の頃にはこうしたサポートも今よりはるかに手薄だった。

これだけ大きな社会変動があれば、当然、人々の意識は変わり、文芸も影響を受ける。教育の普及によって読み書きができる若者たちがたくさん従軍したため、いつ死ぬかもわからない状況で兵士たちは詩を書くようになり、優れた戦争詩人が生まれた。ヴァージニア・ウルフの『ダロウェイ夫人』（一九二五）やショーン・オケイシーの『銀杯』（一九二八）のように、戦争で傷ついた兵士たちが文学作品に登場するようになった。『その他もろもろ』に出てくるアントニーも帰還兵だし、ヒロインであるキティの最初の婚約者であるニールは第一次世界大戦中にダブリンで起こったイースター蜂起に参加したアイルランド独立運動の闘士だ。『その他もろもろ』に出てくるイギリスは第一次世界大戦後に現実とは異なる形で発展を遂げたイギリスなのだが、細かいところにリアリティがある。冒頭で登場する地下鉄ベイカールー線には、戦傷のあとが痛々しい男たちと、元気な女たちが乗っている。男たちは戦場で傷ついて帰ってきたが、女たちは第一次世界大戦の間、男性の出征によって不足した労働力を補うため、これまでであればごく一握りの女性しか雇ってこなかったようなさまざまな分野で働くようになった。たくさんの女性が愛国心や責任感にかられて戦争協力にかかわる仕事につき、一九一八年には部分的に女性参政権も認められた。著者であるマコーリー本人は一八八一年生まれで、第一次世界大戦中は戦争省で働いていた。この作品では主要な女性キャラクターであるキティやアイヴィが脳務省で働いており、架空の省庁が舞台であるにもかかわらず、仕事の様子が細かくリアルに描かれている。二〇一九年に刊行された英語版の解説を書いたサラ・ロンズデイルは、イントロダクションでこの小説について、この時代の作品としては珍しいくらい詳細に役所のような機関で働く女性の仕事を描いているとコメントしている。地下鉄に乗って出勤し、仕事や人間関係で浮き沈みを経験する『その他もろもろ』のキティは、ブリジット・ジョーンズにまでつながるロンドンの働くシングルガールの元祖と言えるだろう。

## 2　ディストピアとフェミニズム

『その他もろもろ』は、長きにわたって忘れ去られていたフェミニストディストピア小説として二〇一九年に鳴り物入りで原著が再版された作品だ。一九一八年に一度印刷されたが、政治とメディアの関係を辛辣に諷刺した内容が攻撃的すぎるということですぐ回収された。若干の修正の後、一九一九年に再刊されたが、そのあと百年間、ほぼ注目されなかった。マコーリーは多作で小説、詩、ノンフィクションなど幅広い分野の著作を著したが日本ではあまり知られておらず、調べたかぎりではこれまで刊行された訳書は三宅幾三郎訳『危険な年齢』（*Dangerous Age*、一九四二年に中央公論社より刊行、一九五三年に筑摩書房より再刊）と『世界の遺跡

――廃墟の美をめぐる感動とよろこび』（黒田和彦他訳、美術出版社、一九六六）二冊のみだ。日本の英文学研究では、一九三〇年代から四〇年代頃までは同時代の作家としていくつか紹介があるが、注目されるのは一九三八年の批評書『E・M・フォースターの著作』（*The Writings of E.M. Forster*）と廃墟めぐりの紀行文である『世界の遺跡』で、『危険な年齢』以外のフィクションがとりあげられることはあまりなかった。

こうした中で『その他もろもろ』が再刊されることになった背景としては、ディストピアSFとフェミニスト批評への関心の高まりをあげることができる。世間では文学などというものは役に立たないと言う人がいるが、「役に立つ」の定義はさておき、文学というのは世界を映す鏡だ。第一次世界大戦の塹壕で兵士たちが詩を生き甲斐としたのと同様、人々は社会の不安に対処する方法を教えてくれる読み物を求める。二〇一六年末にドナルド・トランプがアメリカ合衆国大統領に当選した時、アメリカの読者はディストピアが現実になる予感におののき、フィクションを読むことで来るべき社会への対応を学ぼうとした。オルダス・ハクスリーの『すばらしい新世界』（一九三二）やジョージ・オーウェルの『一九八四』（一九四九）、レイ・ブラッドベリの『華氏四五一度』（一九五三）、マーガレット・アトウッドの『侍女の物語』（一九八五）など、名作と呼ばれるディストピア小説がバカ売れするようになり、ジャック・ロンドンの『鉄の踵』（一九〇八）、ザミャーチンの『われら』（一九二四）、シンクレア・ルイスの『ここでは起こりえない』（*It Can't Happen Here*、一九三五、未訳）など、古すぎて文学ファン以外は知らなかったような古典もメディアでとりあげられるようになった。フェイクニュースが溢れる現代社会が、どんどんこうした作家が描き出す悪夢に近づいていると考えて本屋や図書館に向かう人が増えたのだ。

この中でもとくに注目されたのが、アトウッドのフェミニズム的ディストピアＳＦである『侍女の物語』だ。女性や性的少数者の権利に対して極めて敵対的なトランプ政権は、しばしばこの小説に登場する北米のキリスト教独裁国家ギレアデにたとえられる。二〇一七年からはHuluによりドラマ化されて大ヒットし、『ハンドメイズ・テイル／侍女の物語』というタイトルで日本でも配信されている。

『侍女の物語』が他の古典ディストピアＳＦ小説と違うのは女性が語り手となり、女性に対する抑圧を中心に据えていることだ。『すばらしい新世界』や『一九八四』、『華氏四五一度』などは、社会が抱える問題に対して極めて鋭い目を向けている一方、性差別的な価値観だけはなぜかほぼ問われずに残っている。しかしながら『侍女の物語』は、性差別と家父長制を社会がディストピアになる大きな要因としてとらえている。『侍女の物語』はさまざまな解釈を許す複雑な作品だが、社会批判を行いながらも家父長制をあまり問題化してこなかったディストピアＳＦの中でも画期的な小説としてフェミニスト批評の中で評価されている。

『その他もろもろ』が再注目されるようになったのは、こうしたディストピアSFの人気と、女性作家や女性の視点への着目を促すフェミニスト批評の隆盛によるものだ。この小説が刊行されたのは一九一八年であり、『すばらしい新世界』よりも十四年も前のことだ。そして『すばらしい新世界』は『その他もろもろ』によく似たところがある。優生学的な考え方が幅をきかせており、人間を優秀さに応じてアルファベットで階層に振り分けるシステムが存在するという設定がそっくりだ。ロンズデイルが原著の解説で述べているように、ハクスリーが『その他もろもろ』を読んでいたという証拠は見つかっていないが、マコーリーとハクスリーはいずれも同じ時期に作家のナオミ・ロイド＝スミスと親しくしており、交際の範囲が重なっていた。もし『すばらしい新世界』を書く前にハクスリーが『その他もろもろ』を読んでいたとすれば、本作はディストピアSFの歴史の中でもかなり影響力があったが忘れられていた作品だということになる。このあたりについてはまだ不明な点も多く、さらなる研究が必要だが、『すばらしい新世界』との謎めいた関係という点でも、作品そのものの独創性という点でも、『その他もろもろ』がディストピアSFの歴史を考える上で批評家の関心をかき立てる作品であることは間違いがない。

## 3　不思議な味わい

このように、『その他もろもろ』はその重要性にもかかわらずしばらく忘れられていたわけだが、その理由としては、この作品にはいささか不思議な味わいがあり、一見簡単そうだがちょっと読んでいて面食らうようなところがあるという点があげられるだろう。もちろん、主人公が女性のディストピアSFというのは男性中心的な文壇で受け入れられにくかったということもあるだろうし、また一度回収騒ぎがあったというくらいで、メディアに対する諷刺が辛辣すぎたというところもウケなかった原因としてあげられるかもしれない。しかしながらこの作品には、それだけで片付けられないような風変わりなところがある。

この作品はディストピアSFではあるのだが、善悪の区別を意図的にはぼかしている。一九六七年という早い段階でこの小説を評価したフランク・スウィナートンは、本作が「最良の精神と極めて高潔な考えが、利己心とごまかしに流れた世界で敗北の運命を辿る」（p.601、拙訳）物語だと評している。この指摘は的を射たもので、『その他もろもろ』では問題を解決しようという真摯な取り組みがどんどんグダグダになり、邪悪な結果をもたらす。たとえば作中で描かれている優生学に基づいた階層システムや産児制限は実に恐ろしい市民的自由に対する抑圧だが、一方でそうしたひどい政策が、第一次世界大戦という社会的困難を乗り越えて社会を立て直すという比較的真っ当な理想から生まれたものであることも示唆されている。登場人物である帰還兵アントニーが、フランスでの激戦のせいで知能ランクが下がってしまったと言われている場面があるが、これはおそらくＰＴＳＤ（当時はシェルショックなどと呼ばれていた）のせいで戦場から帰ってきた人々が以前と同じようには働けなくなってしまったことを表現している。そしてこのトラウマの影響は個人だけではなく社会にまで及んでおり、言ってみれば本作のイギリスは、第一次世界対戦のせいで社会全体がＰＴＳＤにかかっているような状態だ。戦争のせいで荒廃した社会を立て直すためには市民のトラウマを癒やして教育を普及させなければならないわけだが、起点としての発想は比較的まともなのに、出てくるのはとんでもないバカげた政策ばかりだ。この小説で政府が行うのは、きわめてあやしい基準で判定された知力に基づいて人々を階層に分け、結婚や出産を制限したり、自己啓発セミナーかと思うような知力育成講座を行ったりするというろくでもないものばかりで、抑圧的であるばかりか、あまり効果的にも見えない。メディアの描き方も両義的で、政府批判を行う民主主義の守護者のように描かれているところもあれば、くだらないゴシップや政府のプロパガンダを報道する無責任なところも強調されている。『その他もろもろ』に出てくるディストピアでは、いろいろなものがすっきり切り分けられない状態で複雑に提示されている。

さらにタイトルに、comedy、「喜劇」という言葉が入っているだけあって、全体的に脱力系とも言えるような皮肉な英国風ユーモアに満ちているところもポイントだ。ディストピアＳＦ

に出てくる役所などというのは、市民の自由を抑圧するために秩序だった容赦ないやり方をするものだ……というイメージがあるが、この作品に出てくる脳務省はいろいろ問題もある生活感あふれた組織で、たまにこれはオフィスコメディなのでは……と思えるような描き方をされている。キティが地方に出かけていって知力育成法案のキャンペーン説明会をする場面などは、そのままイギリスの田舎を舞台にしたシットコムの一話になりそうだ。『一九八四』以降のディストピア小説は暗く重苦しい雰囲気をたたえ、読者の感情や恐怖心に訴えかけるものが多いが、そうした伝統が確立する前に書かれた『その他もろもろ』は我々が考える「真面目な」ディストピア小説のフォーマットにのっていない。

さらにこの作品はけっこうちゃんとしたロマンスものでもある。家族の知能ランクの問題で本人は結婚できない立場である脳務大臣ニコラスがヒロインのキティと恋に落ち、結婚しようとする。ディストピアで禁忌を破って自由恋愛をするというのは反骨精神を示すものである一方、ニコラスは職務上の責任として人々に守らせなければならないはずの法を自ら破っていることになる。この小説では事情があって離婚ができない舞台女優のパンジーとアントニーの内縁関係がとてもポジティヴに描かれており、恋愛は規制できるようなものではないというのがこの小説の大きなメッセージの一つだ。ニコラスとキティの恋は、規制できるわけもないことを規制しようとする愚かな人々に対する批判という点で、極めて皮肉な意味を持たせられていることになる。
いろいろな点で、『その他もろもろ』は一筋縄ではいかない作品だ。社会に対する皮肉を詰め込みすぎていて、一貫性がないように見えるところもある。しかしながら、二〇二〇年に我々が生きている政治もメディアもメチャクチャな世界は、真面目に考えるよりもこういうブラックユーモア的なアプローチで考えたほうがいいのかもしれない、という気もしてくる。この小説は十分、今を映す鏡になり得る。

参考文献

Alison Flood, 'What Not: Lost Feminist Novel that Anticipated Brave New World Finally Finds its Time', *The Guardian*, 10 December 2018, https://www.theguardian.com/books/2018/dec/10/what-not-lost-feminist-novel-that-anticipated-brave-new-world-finally-finds-its-time.
Rose Macaulay, *What Not: A Prophetic Comedy*, Handheld Press, 2019.
Frank Swinnerton, 'Rose Macaulay', *The Kenyon Review*, 29.5（1967）: 591-608.


（きたむら・さえ／武蔵大学人文学部英語英米文化学科准教授）

ローズ・マコーリー（Rose Macaulay）

1881-1958。イギリスの作家。20代で詩作を始め後に小説を執筆。第一次世界大戦末期にはロンドン文学界で名を知られるようになる。1916年には戦時下の英国を諷刺した『Non-Combatants and Others』を発表。17年1月から戦争省（陸軍省）、18年初冬から情報省に勤務。他の邦訳に『危険な年齢』『世界の遺跡――廃墟の美をめぐる感動とよろこび』がある。

赤尾 秀子（あかお ひでこ）

津田塾大学数学科卒業。主な訳書に、『ナインフォックスの覚醒』（ユーン・ハ・リー）、『叛逆航路』（アン・レッキー）、『スチーム・ガール』（エリザベス・ベア）、『黄金比』（ゲイリー・B・マイスナー）ほか多数。

**その他もろもろ**―ある予言譚―

2020年12月 5 日 初版第1刷印刷
2020年12月10日 初版第1刷発行

**著　者**　ローズ・マコーリー
**訳　者**　赤尾秀子
**発行者**　和田肇
**発行所**　株式会社作品社
〒102-0072 東京都千代田区飯田橋2-7-4
TEL03-3262-9753／FAX03-3262-9757
振替口座 00160-3-27183
http://www.sakuhinsha.com

**本文組版**　有限会社一企画
**印刷・製本**　中央精版印刷株式会社

ISBN978-4-86182-830-0　C0097　Printed in Japan

ウラジーミル・ナボコフの本

## 淡い焔

森慎一郎訳

詩から註釈へ、註釈から詩へ……、虚実の世界を彷徨いながら奇妙な物語世界へ誘われる。『ロリータ』と並び称されるナボコフの英語小説の傑作!「青白い炎」の画期的新訳!

---

## 見てごらん道化師《ハーレクイン》を!

メドロック皆尾麻弥訳

自らの伝記的事実と作品をパロディー化し、物語のそこここに多様なモチーフ(サーカス、コンメディア・デッラルテ、気象…)を潜ませる—さまざまな仕掛けに満ちたナボコフ最後の長篇!「間違いさがし」を解き明かす訳注付き。

---

## 記憶よ、語れ

自伝再訪

若島 正訳

ナボコフが隠したものを見つけましょう!過去と現在、フィクションとノンフィクションの狭間を自由に往き来し、夢幻の世界へと誘うナボコフの「自伝」。ナボコフ研究の第一人者による完訳決定版。

---

## ナボコフの塊

エッセイ集 1921－1975

秋草俊一郎編訳

多彩な顔をもつナボコフの50年余にわたる散文——全39編を網羅した、世界初のオリジナル・エッセイ集!露語・英語・仏語、すべて原典からの直接訳、本邦初訳作品等で構成。

---

## ローラのオリジナル

若島 正訳

ナボコフが遺した138枚の創作カード。そこに記された長篇小説『ローラのオリジナル』。不完全なジグソーパズルを組み立てていくように、文学探偵・若島正が、精緻を極めた推理と論証で未完の物語の全体像に迫る!

---

## ナボコフ全短篇

秋草俊一郎・諫早勇一・貝澤哉・加藤光也・
杉本一直・沼野充義・毛利公美・若島正 訳

“言葉の魔術師”ナボコフが織りなす華麗な言語世界と短篇小説の醍醐味を全一巻に集約。1920年代から50年代にかけて書かれた、新発見の3篇を含む全68篇を新たに改訳した、決定版短篇全集!

---

作品社の本

# アルマ

J・M・G・ル・クレジオ　中地義和訳

自らの祖先に関心を寄せ、島を調査に訪れる研究者フェルサン。彼と同じ血脈の末裔に連なる、浮浪者同然の男ドードー。そして数多の生者たち、亡霊たち、絶滅鳥らの木霊する声…。父祖の地モーリシャス島を舞台とする、ワイフワークの最新作！

---

# 心は燃える

J・M・G・ル・クレジオ　中地義和／鈴木雅生訳

幸福な幼年時代を過ごした少女が転落していく過程を描く「心は燃える」。ペトラ遺跡を舞台に冒険家と現地の少年の交流を描く「宝物殿」。他全7篇。ノーベル文学賞作家による、圧倒的な小説集！

---

# 嵐

J・M・G・ル・クレジオ　中地義和訳

韓国の小島、過去の幻影に縛られる初老の男と少女の交流。ガーナからパリへ、アイデンティティーを剥奪された娘の流転。ル・クレジオ文学の本源に直結した、ふたつの精妙な中篇小説。ノーベル文学賞作家の最新刊！

---

# アウグストゥス

J・ウィリアムズ　布施由紀子訳

養父カエサルを継ぎ地中海世界を統一、ローマ帝国初代皇帝となった男。世界史に名を刻む英傑でなく、苦悩する一人の人間としての生涯と、彼を取り巻く人々の姿を稠密に描く歴史長篇。著者の遺作にして、全米図書賞受賞の最高傑作。

---

# ストーナー

J・ウィリアムズ　東江一紀訳

半世紀前に刊行された小説が、いま、世界中に静かな熱狂を巻き起こしている。名翻訳家が命を賭して最後に訳した、“完璧に美しい小説”。第一回日本翻訳大賞「読者賞」受賞！

---

# ブッチャーズ・クロッシング

J・ウィリアムズ　布施由紀子訳

十九世紀後半アメリカ西部の大自然。バッファロー狩りに挑んだ四人の男は、峻厳な冬山に帰路を閉ざされる。彼らを待つのは生か、死か。人間への透徹した眼差しと精妙な描写が肺腑を衝く、巻措く能わざる傑作長篇小説。

---